꽃 진 자리에 어버이 사랑

꽃 진 자리에 어버이 사랑

초판 인쇄 · 2018년 4월 20일
초판 발행 · 2018년 4월 25일

지은이 · 오영미 외
펴낸이 · 한봉숙
펴낸곳 · 푸른사상

편집 · 지순이 | 교정 · 김수란
등록 · 1999년 7월 8일 제2−2876호
주소 · 경기도 파주시 회동길 337−16 푸른사상사
대표전화 · 031) 955−9111(2) | 팩시밀리 · 031) 955−9114
이메일 · prun21c@hanmail.net
홈페이지 · http://www.prun21c.com

ISBN 979−11−308−1330−1   03810

값 13,900원

이 도서의 국립중앙도서관 출판예정도서목록(CIP)은 서지정보유통지원시
스템 홈페이지(http://seoji.nl.go.kr)와 국가자료공동목록시스템(http://www.
nl.go.kr/kolisnet)에서 이용하실 수 있습니다.(CIP제어번호: CIP 2018011510)

꽃 진 자리에
어버이 사랑

오영미
유경숙
유시연
이신자
장현숙
정해성
조규남
조연향
최경숙
최명숙
한봉숙
황영경

푸른사상
PRUNSASANG

우리들은 당신 앞에서 영원한 아이

꽃망울을 매단 나무들의 진경을 바라봅니다. 우리는 한 송이 꽃으로 세상에 나왔으나, 어두운 별밤에 향기 가득 피우고 있는지, 꽃 진 자리에 열매로 잘 영글어가고 있는지 궁금합니다. 당신들께로 이 향기는 전해지고 있을까요. 이 환한 계절에 간절한 목소리로 불러드린다면 어디선가 환영처럼 대답하실 것도 같습니다.

새싹을 틔우고 혼신의 힘을 다해 생명을 길러내는 시커면 나무둥치, 그리고 땅 아래 깊은 뿌리를 생각하며 이 작디작은 순간을 마련했습니다.

우리들의 모든 아버지는 하늘을 닮았고 바다를 닮았지

요. 아버지는 군인들의 어깨를 겯고 찍은 아주 작은 사진 속 청년으로 아슴하게 남아 있기도 합니다. 갑작스레 징집 당하여 탄광 노동자로 노역하셨고, 다리와 종아리에 박힌 탄환과 탄피 조각을 뽑지 못한 채 산화되기도 하셨습니다.

해방 전 아버지가 강제 징용을 피하기 위해 유적의 신세로 떠도는 동안, 어머니께서는 아랫목에 밥을 묻어놓고 장독대 정화수 앞에서 당신의 안위를 빌었습니다. 어머니는 깊은 밤중 호롱불 밑에서 바느질을 하며 가가호호 한 가정을 건사하셨지요. 아들을 낳아야만 하는 것이 지상과제였던 그 시대, 어머니는 둘째 딸을 낳고 삼칠일도 되지 않아 눈물바람에 빠져 있느니 차라리 밭일을 하셨습니다. 우리가 태어나기 이전부터 어머니였던 분들, 좀 더 좋은 세상에 태어나지 못해서 희생의 삶을 사셨다고 그렇게 위로를

꽃 진 자리에 어버이 사랑

해드리면 될까요. 혼란과 상실, 결핍의 시대를, 그 아슬하고 위태로운 징검다리를 어머니라는 이름으로 어떻게 건너오셨던가요.

각각의 문장들이 퍼즐처럼 한 시대의 아픈 그림을 완성시키기에, 차라리 이 서사 앞에서 우리는 숙연해지지 않을 수 없습니다.

이런 기억을 배경으로 여전히 옛 사진 속 어버이 무릎에는 서너 살의 내가 기대서 있지요. 막걸리 심부름을 하면서 찰랑찰랑 막걸리 가득한 주전자를 흔들며 몰래몰래 한 모금씩 들이켜기도 했던 천진한 아이는 넘어지고 일어서면서 오늘에 이르렀습니다.

아장아장 첫 걸음마를 시작한 이후, 그리고 잡아주었던 따스한 손을 슬쩍 놓아버렸던 그날 이후로, 우리는 나름

안간힘을 다해 살아왔습니다. 행복했던 순간도 불행했던 순간도 항상 꽃 진 자리를 응시하면서, 어떤 보이지 않는 힘을 믿으면서 말입니다.

오래전에 떠나왔으나, 우리들은 당신 앞에서는 영원한 아이입니다. 우리들은 늘 당신에게 하염없는 기다림의 대상이었고 당신의 볼에 눈물을 주는 존재이기도 했습니다.

오늘 당신의 뜻을 받들어 탱자나무처럼 누군가에게 의지가지가 되어주고 품을 내어주고 살아가고 있는지를 스스로 반문해보기도 합니다.

청개구리마냥 당신들을 떠나보내고 현기증에 몸을 기대야 할 정도로 울고 또 울기도 했으나, 이제 우리도 어느덧 어버이 자리에 섰습니다. 누군가의 어버이가 된다는 것은 어떤 의미일까요. 열매 맺는 일, 햇빛과 비바람의 일만은

꽃 진 자리에 어버이 사랑

아닌가 봅니다. 이 청아한 계절, 당신들의 힘으로 조물주의 정원에 잠깐 심겨졌던 한 그루의 나무에, 울먹이듯 매달린 채, 보이지 않는 힘, 그 근원에 대해 생각하면서.

꽃 진 자리에 또다시 피어나는 어버이 사랑에 눈물겨워하면서,

오늘도 빛나는 햇살을 받으며 영매(靈媒)처럼 당신을 우러러 불러봅니다.

2018년 봄, 필자 일동 드림

* 　　이 글은 각 수필의 내용 중 한두 문장을 발췌하여 엮었습니다.

차례

차례

오영미

누가 보아도 난 아버지의 딸

엄마의 자존심

돌아가신 아버지를 기억하는 모든 딸들이 그렇듯

나도 아버지의 사랑에 가슴이 뜨겁고

다시는 볼 수 없다는 엄정함에 눈물이 나고,

한 번만 더 그 시절로 돌아갈 수 있다면

아버지의 고통으로부터 그의 인생을 건져내고 싶다.

오영미

서울 종로에서 태어나 명동에서 청소년기를 보냈다. 소설을 쓰려고 황순원 선생님이 계시는 경희대에 진학했으나 장터 약장수의 아크로바틱 쇼나 무대예술에 대한 관심 때문에 희곡 공부를 시작했고 그것으로 석사, 박사를 마쳤다. 현재는 한국교통대학교 한국어문학과에서 희곡과 영화 시나리오, TV 드라마 쓰기를 가르치고, 한국 시나리오 작가에 대한 연구를 하고 있다. 희곡작품집으로 『탈마을의 신화』가 있고, 저서로는 『한국전후연극의 형성과 전개』『희곡의 이해와 감상』『문학과 만난 영화』『오영미의 영화 보기 좋은 날』 등이 있다.

누가 보아도 난 아버지의 딸

아버지의 젊은 시절이 담긴 사진 한 장이 있다. 카키빛 수트 위에 자주색 머플러를 두르고 어딘가를 응시하는 그의 무릎엔 서너 살쯤의 내가 기대어 서 있다. 미남이었고 한량이었고 멋쟁이였던 아버지. 인생의 정점에서는 건축회사를 거느리던 사장님이었지만 파산의 여파로 불우했던 노년에는 매일같이 이곳이 아닌 어딘가를 꿈꾸던 초라한 남자였다.

어린 시절에 느닷없이 닥친 파산 덕에 나도 힘든 성장기를 보냈지만 아버지의 성정을 보면 사업이 어울리지 않았던 분이라 어쩌면 파산이라는 결과가 당연했다는 생각도 든다. 사업상의 일이 없는 시간에 아버지는 가죽 점퍼와 헌팅캡에 할리데이비슨 정도로 기억되는 미제 오토바이를 타고 다니셨다. 노래를 잘하셔서 레코드를 내라는 주변의 권유를 늘 받으셨고, 춤도 일류급, 낚시, 당구, 바둑, 흔히 잡기라는 것에 능하셨다. 요정과 다방이 사업하는 남자들의 사랑방이었던 그 시절, 아버지는 잘생긴 외모와 풍채로 소위 '마담'들의 애정 공세를 많이 받았나 보다. 엄마의 전언에 의하면, 유부남인 아버지 때문에 가슴앓이를 하다 자살한 여자도 있고, 속 끓인 여자가 한둘이 아니라고 한다. 엄마는 아버지가 그 죄를 받느라 인생이 내리막길이라고 하셨다. 한 남자의 여자로서 엄마의 불만은 이해가 가지만 아버지는 어울리지 않는 사업을 하느라 지친 심신을 그렇게 풀어내며 사셨던 것으로 보인다.

그래서 아버지의 취미에 동행할 파트너는 잔소리 심한 엄마가 아니라 그렇게도 예뻐하셨던 큰딸인 나였다. 나는 어린 시절 아버지를 기억하면 낚시와 야영 도구가 실린 오토바이 뒤에서 아버지의 허리를 붙잡고 느꼈던 그

속도감과 불안함으로 늘 가슴이 서늘하다.

　마유미 부녀의 KAL기 폭파가 있었던 어느 해, 아버지는 늘 그렇듯 춘천에 야영하러 가자며 텐트와 취사도구를 챙기셨다. 당시 대학생이었던 나는 아버지보다는 또래들과 어울리는 게 더 즐거웠고, 오토바이를 타고 아버지와 달리는 모습이 왠지 부끄러웠다. 마지못해 따라간 야영길에 강가에서 낚시한 물고기로 매운탕을 끓여주던 아버지는 산에 올라가 잔대를 캐자고 하셨다. 멀찌감치 아버지와 떨어져 산을 타고 있던 중 출동한 헬리콥터로부터 정체불명의 기계음 소리를 듣고 우리는 산을 내려올 수밖에 없었다. 나중에 알고 보니 텐트를 쳤던 마을에서 신고 정신이 투철한 누군가 수상한 부녀가 있다면서 신고를 한 모양이었다. KAL기 폭파범 마유미 부녀 덕에 온 나라가 수상한 부녀를 의심하고 있던 시기였으니 간첩으로 의심받아도 마땅한 상황이었다. 거기서 총이라도 맞았으면 어찌 됐을까 지금도 간담이 서늘하다. 그날 이후로 나는 아버지와 야영 단절을 선언했고, 여러 상황이 겹치면서 아버지는 급속도로 늙어가셨다.

아버지의 사업은 문산의 전화국을 지으면서 본격적으로 파산의 길을 걷게 됐다. 그곳은 매립지였고 땅의 특성을 미처 알지 못했던 건축팀은 지하에서 올라오는 물을 해결하지 못했다. 그렇게 바깥일에 골머리를 썩던 틈을 타 전무로 있던 사람이 내부 서류와 회삿돈을 들고 잠적해버린 것이었다. 부도의 원인이 그렇게 불운한 외부 상황으로 보였지만, 아버지가 발 빠르게 대처하지 못한 것도 한 가지 이유였을 거라고 나는 판단한다. 당시의 건축회사도 아버지의 뜻이 아니라 엄마의 수완으로 만들어진 거였다. 아버지는 늘 공사판 노가다들의 곤조(현장 용어는 일본의 영향을 받아 일본어를 많이 썼다)가 싫다고 하셨고, 설계도면이나 그리는 게 제일 편하다고 하셨다. 사업을 다시 일으키기 위해 애쓰는 과정에서도 아버지는 사람을 잘 믿었고 결말은 사기를 당하는 것이었다. 회삿돈을 횡령해서 도망간 전무를 세월이 흐른 후 우연히 만났을 때도 아버지는 용서해달라는 그를 보듬어 안으며 술을 사주던 사람이었다. 엄마는 그래서 아버지를 모자라도 한참은 모자란 사람이라며 미워하셨다. 글 쓰는 재주가 조금 있던 나는 아버지의 사기 피해 재판의 탄원서와 진정서를 쓰며 아버지의 인생을 몹시 귀찮아했다. 아버지의 노년은 그렇게 가족 모두의 외면과 미움으로 가시밭길이었다. 돌아가신 아버지를 기억하는 모든 딸들이 그렇듯 나도 아버지의 사랑에 가슴이 뜨겁고 다시는 볼 수 없다는 엄정함에 눈물이 나고, 한 번만 더 그 시절로 돌아갈 수 있다면 아버지의 고통으로부터 그의 인생을 건져내고 싶다.

아버지의 머리와 수염이 하얗던 노년의 어느 날, 교생 실습을 나간 나의 부탁으로 학교를 찾아오신 일이 있다. 아버지는 딸을 기다리느라 학교 정문에서 일곱 시간을 넘게 기다렸다. 식사도 거른 채 하루를 버텼을 아버지의 노구가 안쓰러워 나는 대뜸 화부터 냈다. 학교로 들어와서 전해주면 될 것을 바보같이 그게 뭐냐고……. 아버지는 "니 얼굴 보고 가려고 그랬지"라며 웃으셨다. 나는 눈물 없이 이 장면을 기억할 수가 없다. 그렇게 호기롭고 잘났던 젊음이 모두 사라진 후 초라한 한 남자의 고단한 하루였다.

김현승 시인은 폭탄을 만드는 사람도 감옥을 지키는 사람도 집에 돌아오면 아버지가 된다(「아버지의 마음」)고 하였다. 젊음을 지나 꿈을 접고 집에 돌아온 나의 아버지도, 그렇게 아버지가 되었다. 개를 키우고 화초를 가꾸며 밖에서 돌아오는 딸의 저녁을 준비하셨다. 늘어만 가는 소주병의 무게가 노년의 아버지의 삶을 짓누르고 있었지만 나는 법관이 되라는 아버지의 희망을 무시한 채, 시대의 모순에 분노하며 나 자신의 문제에만 골몰하던 시절을 살아내고 있었다.

그 시절 아버지는 당신의 인생에 한 가지 물음을 가지고 계셨다. '내 인생의 자유를 부모가 통제할 수 있었을까. 그랬다면 달라질 수 있었을까?' 조부모가 아버지에게 그랬듯 나도 철저하게 독립적인 사고를 갖게 하셨기에 그것이 딸을 보는 아버지의 불안한 마음이셨던 모양이다. 인간은 누구나 가지 않은 길에 대한 미련이 있기 십상이어서 설령 그것이 이루어졌다 해도 또 어떤 인생이 펼쳐질지는 아무도 알 수 없다. 아버지는 내게 '현실에 매몰되지 않는 게 좀 더 나은 인생의 길'이라는 가르침을

주셨다. 그것이 무슨 일이든 두려워하지 않고 몰입할 수 있는 힘이 되니 말이다.

대학에서 문학을 가르치는 나는 전공보다 더 즐거운 취미로 많은 시간과 에너지를 쓴다. 여행, 천연염색, 양재, 제과제빵, 가죽공예, 라틴댄스…… 누가 보아도 나는 아버지 딸이다. 이 글을 쓰며 내가 왜 그렇게 잡다한 일들에 즐거워하는지 비로소 그것을 알아챔이라.

그리운 아버지.

엄마의 자존심

엄마가 돌아가신 후 얼마 지나지 않아 먼 친척으로부터 전화 연락이 왔다. 외가의 터전이었던 경북 김천에 엄마 이름으로 근저당이 된 땅이 있어 그것을 풀어야 한다는 것이었다. 외가의 유일한 아들인 외삼촌이 이미 교포로 일본에 거주하고 있던 당시, 선산을 관리해달라며 인척 누군가에게 땅을 사주고, 팔아치우지 못하게 여동생인 엄마의 이름으로 근저당을 해둔 모양이었다. 인척 어르신은 그 땅을 외삼촌이 선산 관리 명목으로 자신에게 사준 것이라고 주장했고, 엄마와 가까운 이들은 이름만 빌렸을 뿐 실제 소유는 엄마여야 한다고 주장하는 통에 잠시 시시비비를 가리느라 시간이 흘렀다. 그러나 이미 돌아가신 분들의 진의를 알기는 어려워 땅을 판 돈을 서로 나누는 해결책을 택했고, 그리하여 나는 예기치 않았던 몇 푼의 돈을 유산으로 얻게 되었다. 평소에 엄마로부터 그 땅에 대하여 들은 바가 없던 나로서는 공돈이나 다름없는 그 돈을 두고, 엄마의 자존심일 거라는 생각을 했다.

엄마는 외할머니의 열세 명의 자식 중에 일곱째였다. 자라면서 세상을 버린 형제를 빼고 열 명이 성장했는데 그중의 아홉이 딸이었고 외삼촌이 유일한 아들이었다. 1925년생이었던 엄마의 어린 시절은 일제강점기였고, 그 시기에 아홉이나 되는 딸을 모두 소학교에 보낼 상황이었으면 외가는 당시로서는 행세깨나 하던 집안이었던 모양이다. 엄마의 자존심은 이런 그녀의 태생에서 비롯된다. 늘 머슴 등에 업혀 학교를 다녔다고 하시던 엄마의 말씀은 결국 당신 집안이 양반이었음을 말하는 것이었다. 외가는 일제강점기에 모두 일본으로 이주하여 재일교포 1세대 집안이 되었는데, 일본행은 유일한 아들인 외

꽃 진 자리에 어버이 사랑

삼촌을 공부시키기 위한 길이었다.

외삼촌은 와세다대학을 나온 수재였음에도 조센징이라는 이유로 차별을 받는 일본 사회에서 조총련 간부로 활동하며 사회주의 사상에 골몰했다. 그 덕에 나는 대학 시절까지 정보계 형사들의 사찰의 대상이 되곤 했다. 식민지 조선에서 건너간 조선인 이모들은 북송선을 타고 북한으로 가거나, 파친코나 사금융 사업, 심지어는 야쿠자까지, 일본 사회의 변두리에서 성공하거나 실패하거나 그런 모습들로 살아가고 있다. 우리 엄마를 포함한 외가의 딸들 중 일부는 해방 후 한국으로 돌아와 살게 됐는데, 한국으로 돌아온 엄마는 아버지와 만나 내가 태어나고 자라기까지 부침의 세월을 겪게 된다. 내가 문학을 하겠다고 결심하게 된 계기 중의 하나가 일제강점기 이후 현대사의 질곡을 거친 외가의 이런 사연을 대하소설로 써보고 싶다는 생각이었다.

아홉이나 되는 딸들 중 나이가 많은 이모는 일찍 시집을 보냈고, 어린 이모들은 일본으로 데려가게 되는데, 아마도 외가에서는 정신대 문제에 일찌감치 대처하고 있었던 모양이었다. 이 짧은 글 속에 엄마의 이야기를 다 풀어낼 수는 없지만, 진한 경상도 억양에 일단 일본어로 시작해 '한국 말로 뭐라카드라'를 평생 말 습관으로 지니셨던 강인한 한 여성이 나의 어머니 '문두이' 여사다.

정신이나 육체의 반쯤은 일본 것으로 채워져 있던 엄마 덕에 나는 일본 말이나 일본식 생활에 어려서부터 익숙해 있었다. 사업에 뜻이 없고 경제적으로 무능했던 노년의 아버지 때문에 엄마는 많이 힘들었을 것이다. 그런 아버지가 미웠을 법도 한데도 엄마는 늘 아랫목에 밥을 준비하고, 아버지가 집을 나설 때 무릎을 꿇고 문을 여는 습관을 계속 유지했다. '아부지 식사' 하고 엄마가 내게 사인을 보내면 나는 다방으로 달려가 아버지를 찾곤 했으니.

아버지의 파산 이후 극도로 빈궁했던 살림 와중에도 엄마는 절대로 남의 밑에서 일을 하지 않았다. 돈을 빌려서라도 개업을 하거나, 계주를 했고, 많이 힘들 때는 포장마차를 했다. 당신이 누군데? 누구의 딸이고 일본에서 교육받은 누구인데? 남의 밑에서 그렇게 살 수는 없다는 것이었다. 그런 그녀의 삶의 방식은 연로해서 노인의 집에 기거를 할 때도 그대로 이어졌다. 함께 기거했던 할머니들에게 일본어를 가르치며 유식한 할머니라는 부러움을 받고 으쓱해하셨고 그런 자존심으로 노년의 외로움을 이겨내셨다. 거동이 불편해 누군가의 조력이 없이는 힘든 상황에서도 간병인에게 꼭 돈을 쥐여주고는 했는데, 그런 행동은 '내가 너를 부린다'라는 자존심의 표현으로 보였다. '그래야 무시당하지 않는다'라고 늘 말씀하셨으니 말이다.

엄마는 낯선 의료진들만 가득 찬 중환자실에서 외롭게 임종을 맞이하셨다. 그렇게 자존심으로 평생을 사셨던 엄마가 희미해져가는 의식 속에서 혼자였음을 느끼시며 무슨 생각을 했을까 가끔 생각에 잠기곤 한다. 돌아가실 것 같다는 의료진의 연락을 받고 모여든 자식들 앞에서 다시 회생하기를 몇 차례 반복하다 돌아가셨는데, 베트남에 출장 가 있던 나도 급히 귀국을 하고 일본에 살던 여동생도 한국에 들어와 있다가 다시 돌아가기를 반복하다 정작 임종의 순간은 지키지를 못한 것이었다. 응급실로 달려가던 그날따라 병원에서는 계속 전화가 걸려오고 도로의 차들은 미칠 것 같았던 내 길을 내주지 않았다. 가슴이 아픈 기억들이다.

긴 장례 끝 엄마의 시신이 산소로 향하던 날, 영정 사진을 안고 리무진 차에 앉아 있던 나는 피로감이 몰려와 잠시 졸고 있었는데, 그사이 운전사의 실수로 다른 묘원에 우리가 진입하고 있음을 알게 되었다. 어쩔 수 없이 돌아 나와 제 길을 찾아야 했는데 그 길이 내가 재직하는 대학을 지나야 하는 코스였다. 꿈인 듯 생시인 듯 엄마의 발걸음을 머물게 했던 곳이 이곳이었던가를 생각하며 나는 현기증에 몸을 기대야 할 정도로 울고 또 울었다.

휠체어에 의존해 간병인의 조력으로 살아야 했던 순간에도 엄마는 "사는 기 나까나까 무스까이다" 하며 한숨을 쉬셨다. 그러나 그 목소리는 언제나 쩌렁쩌렁하셨다. 보통의 인생이 노쇠하면 삶에 자신을 잃을 법도 한데 엄마는 끝까지 남과 다르다는 의식을 버리지 않으셨다. 나는 그것이 오히려 어려운 인생을 살아내게 된 엄마의 힘이 아닐까 생각한다.

엄마가 돌아가시고 내게 남게 된 그 땅값을 보며, 엄마가 평생 버리지 못했던 태생에 대한 자부심 값일 것이라고, 그 표시를 꼭 하고 싶으셨던 게라고, 그런 생각을 했다. 엄마의 자존심을 위하여 나는 그 돈을 노인의 집에 기부했다.

유경숙

탱자나무울타리집 남자

방언

나는 지금 신참내기 작가 시절 다짐했던 약속을 지켜가고 있는가,

'생명을 살리고 보듬는 자연을 닮은 글'을 쓰겠다던 그 약속을.

탱자나무처럼 누군가에게 의지가지가 되어주고

품을 내주는 사람으로 살아가고 있는가.

한 해의 삶을 돌아보면서 가슴 철렁한 계절이다.

유경숙

충남 논산에서 태어났다. 2001년『농민신문』신춘문예로 작품 활동을 시작했다. 소설집『청어남자』와 이북소설집『당신의 눈썹』『백수광부의 침묵』이 있으며, 엽편소설집『베를린 지하철역의 백수광부』가 있다.

탱자나무울타리집 남자

내 고향 집은 아직도 탱자나무 울타리다. 오래전부터 비어 있다. 이 고요한 빈집을 유실수와 약재나무들이 지키고 있다. 또 그것들을 보호하는 탱자나무가 짱짱하게 울을 치고 있다. 지난가을에도 탱글탱글한 탱자 한 소쿠리를 따 왔다. 서 혼자 꽃 피고 열매 맺어 옛 수인에게 수확의 기쁨을 안겨주는 나무를 보자 가슴 한편이 콕 찔려오는 느낌이었다. 나는 작가가 되고 당선 소감을 쓸 때 고향 집 탱자나무를 생각하며 '자연 닮은 글'을 쓰겠다고 마음속으로 다짐했었다.

탱자나무 가시는 누군가의 심장을 찔러 피를 낼 것처

럼 끝을 외향으로 겨누고 있다. 밑둥치부터 꼭대기까지 길고 억센 가시로 표독스럽게 무장을 한 자세다. 그래서 옛적에는 위리안치(圍籬安置)*라고 중죄인의 감옥이 되기도 했었다. 하지만 이 나무는 절대로 제 살을 찌르거나 제 옆의 다른 생물을 다치게 하는 법이 없다. 해마다 그곳에서 새끼를 쳐나가는 곤줄박이, 또 허물을 살짝 벗어놓고 지나가는 꽃뱀, 더듬이를 높이 치켜들고 짝짓기를 하는 민달팽이, 첫 날갯짓을 펼치는 호랑나비 등이 우화(羽化)를 거쳐가거나 탯자리로 삼는 보금자리였다. 어디그뿐이랴? 제 몸을 친친 감고 올라온 하눌타리 넝쿨에게 길을 내주고, 궁둥이를 들이밀며 눌러앉는 늙은 호박까지도 넉넉히 받아주던 품 넓은 나무였다. 또 봄날에는 배추흰나비 날개 빛깔처럼 고운 흰 꽃을 피워 향기를 주고 가을엔 알토란 같은 황금색 열매를 내줘 약재로 쓰이게 한다.

나는 어린 시절에 배앓이를 자주 했다. 어른이 되고도

---

*   외부와 접촉을 못하게 가시나무 울타리 안에 중죄인을 가두어 둠.

이런 체질이 계속되었지만 어릴 땐 조금만 색다른 음식을 먹어도 두드러기가 났고 걸핏하면 헛구역질(지금 생각해보면, 뱃속 회충들이 요동치던 시간이 아니었을까?)을 했다. 그때마다 어머니는 지각(枳殼, 노랗게 익은 탱자를 조각내 말린 것) 달인 물을 마시게 했고, 지실(枳實, 풋탱자를 썰어 말린 것)을 우려낸 물을 두드러기가 난 곳에 발라주었다. 그러면 감쪽같이 나았다.

내 아버지는 마흔넷에 세상을 떠났다. 내가 아홉 살 되던 해였고 막냇동생이 생후 6개월이 되던 7월이었다. 올망졸망한 육남매를 서른여덟의 여인에게 맡겨놓고 서둘러 떠나셨다.

아버지는 일제강점기 말엽 징용을 끌려갔다가 탄광 노동자로 노역 중에 큰 부상을 당했다. 그 후로 평생 골골거리다 짧은 생(生)을 마감하셨다. 나가사키로 끌려가 밤낮 석탄 캐는 중노동에 시달렸다. 작업 도중 갱이 무너지는 사고가 났고 암석 더미에 깔렸다. 아버지는 시체로 분류되어 사흘간이나 주검들 속에 끼어 있었다고 한다. 시체 처리를 하는 인부에게 겨우 손을 내밀어 의사 표시를 했고 병원으로 옮겨져 살아났다. 중환자로 취급되어 보상금을 어느 정도 받아 귀국선에 올랐을 때가 해방되기 몇 달 전이었다.

사고 당시 석탄 더미 속에 묻혔던 만 사흘하고도 반나절을 보내는 동안에 폐는 이미 치명적으로 손상을 입었다. 그때 어혈 들었던 폐 때문에 늘 숨이 찼고 호흡이 고르지 못했다. 내 어린 잠결에도 아버지의 헐떡거리는 숨결이 들려왔다. 갈빗대를 울리는 기침을 참아내느라 새벽녘까지 끙끙거리던 신음을 듣고 나는 잠이 깨곤 했다.

약으로 근근이 생명을 버티던 아버지는 약초에 관심을 기울이기 시작했다. 그래서 그것들을 철따라 채집해두었다. 우리 집 광에는 늘 약초와 씨앗 주머니들이 주렁주렁 걸렸었다. 두 개의 시렁에도 약초 담은 바구니들이 이름표를 달고 쭉 늘어서 있었다. 당연히 울안에 심는 나무도 약재나무가 우선이었고 그다음이 유실수였다. 온통 가시투성이인 엄나무를 비롯해서 골담초, 화살나무, 옻나무, 오가피, 개살구와 모과나무, 매실, 산수유, 앵두, 고욤나무, 작약, 당귀, 도라지와 인삼, 머위, 결명자, 장록까지

꽃 진 자리에 어버이 사랑

약초밭이 딸린 집이었다. 근동에 사는 사람들은 물론이고 백 리 밖의 먼 데 사람들까지도 소문을 듣고 우리 집으로 약재를 구하러 왔다. 얼굴을 깊게 가린 한센병을 앓던 부인도 여러 차례 왔었다. 아버지는 아무리 귀한 약재라도 아픈 사람이 있다면 서슴없이 내어주었다. 이미 병환이 깊어 논밭에 나가 일을 할 수 없던 아버지는 탱자나무 울타리 안에서 약초를 다루는 전문가가 되어갔다.

그런 집에서 자란 고로, 내가 어릴 때부터 눈뜨게 된 것이 하나 있다. 식물의 분류법이다. 약재가 될 수 있는 식물과 약재가 되지 못하는 식물 또 독성을 지녀 인간에게 해를 끼치는 식물의 구분법이다. 어린 새싹일 때는 약재가 될 수 있으나 잎이 쇠면 강한 독성을 품는 식물도 있다. 그래서 나에게 있어 식물 선호도는 당연히 약초가 우선이고 꽃을 탐하는 호사는 저만치 후순위로 밀려났다.

장미 가시가 제 꽃을 보호하기 위해 독을 품었다면 탱자나무 가시는 남을 지켜주기 위해 날카로움을 지녔다. 지금도 제 품에 깃든 생명들을 다소곳이 품고 초록 가시를 짱짱히 굳히며 겨울을 나고 있다. 나는 지금 신참내기 작가 시절 다짐했던 약속을 지켜가고 있는가, '생명을 살리고 보듬는 자연을 닮은 글'을 쓰겠다던 그 약속을. 탱자나무처럼 누군가에게 의지가지가 되어주고 품을 내주는 사람으로 살아가고 있는가. 한 해의 삶을 돌아보면서 가슴 철렁한 계절이다.

탱자나무 울타리 앞에 자식들을 세워놓고 '날생명'들의 이름을 알려주고 오묘한 곤충의 세계를 들여다볼 수 있도록 눈을 뜨게 해주신 아버지, 그분의 밝은 눈길이 그리운 계절이다. 가죽나무처럼 키가 껑충했던 아버지는 뒷짐을 진 채 탱자나무 울타리 앞에서 늘 서성거리며 그 너머의 하늘을 하염없이 바라보았다. 저 올망졸망한 여섯 생명들을 두고 떠날 날이 천둥처럼 다가오고 있음을 짐작했을 것이다. 붉은 핏덩어리를 한 대야쯤 쏟아내던 그날 아침, 얼마나 눈앞이 캄캄했을까? 당신 병환 중에 이 몸을 잉태시켜 부실한 DNA를 물려받아, 평생을 골골거리며 살아가고 있지만, 아버지 사랑합니다. 그 세상에서는 숨 좀 쉴 만하시던가요?

꽃 진 자리에 어버이 사랑

방언

초하에 춤 구경을 갔었지요. '방언(方言)'이란 수상쩍은 제목이 붙은 공연이었습니다. 희수를 맞은 정덕미 선생의 발표회였습니다. 그에게는 첫 무대였고, 정동극장 무대에 홀로 선 그는 체로금풍(體露金風)*에 든 나무처럼 깊고 여여한 모습이었습니다. 그의 몸에서 오랫동안 잠들어 있던 화신이 일흔일곱 노체(老體)를 통해 그 존재감을 유감없이 발휘하는 순간이었습니다. 그는 무대 인사말에

---

* "가을바람에 잎이 모두 떨어지면 나무 본연의 모습이 드러난다"는 뜻. 운문선사의 말.

서 이렇게 말문을 열었습니다. "살다 보니 어쩌다가 여기까지 왔습니다. 아무 영검 없이 시가 좋고 노래가 좋고 춤을 좋아하며 살았지만 길을 몰랐습니다. 문이 열리지 않았습니다. 혼자 터벅터벅 길을 찾아 헤매는 장님 꼴이었지요. 그러나 저는 간절했습니다. 이럴 수가 없다고 기도했습니다."라고. 그의 일생 동안 간절했던 기도가 영성무용(Spiritual Dance)으로 피어나는 첫 순간이었습니다.

무대의 검은 휘장이 걷히며, 제1막에서는 황병기의 거문고 산조 〈추천사〉가 흘러 나왔습니다. 은회색 반회장저고리에 남빛 치마를 입은 이가 성큼성큼 걸어 나와 학처럼 가벼이 날아올랐습니다. '막달라 마리아의 방언'이란 부제가 붙은 탱고 장르에서는 섹시한 드레스 자락을 휘날리며 창녀처럼 요염하게 몸을 드러내기도 했습니다. 휘어지고 부실한 맨종아리를 살짝살짝 드러내며 리듬을 탔습니다.

1막과 2막의 무대가 화려했다면 3막의 무대는 무채색이었습니다. 제3막, '하늘 가는 길'은 장사익의 노래 〈하

꽃 진 자리에 어버이 사랑

늘 가는 길〉을 그대로 안무 제목으로 따다 붙였더군요. 무대 바닥과 천장이 온통 흰빛이었습니다. 몇 가닥의 무명천을 가로질러 허공으로 길을 냈고 지금 막 육체를 빠져나온 영혼이 어리둥절해하며 하늘로 가는 길을 더듬더듬 찾아가는 중이었습니다. 천장에서부터 늘어뜨린 무명천이 만장처럼 너울거렸고 요령 소리가 가까워졌다 멀어지고 또 흐릿했다가 명료해지는 묘한 분위기를 자아냈습니다. 영혼은 갈팡질팡 걸음을 뗄까 말까 망설이며 자꾸만 뒤를 돌아다보았습니다. 첫 걸음마를 하는 어린애처럼 벌벌 떨며 황천길을 노려보고 있던 망자의 모습. 그때, 정덕미 선생의 하얀 버선발이 제 눈에 띄었고, 순간 숨이 콱 막히며 예리한 금속성이 가슴을 긋고 지나가는 통증을 느꼈습니다. 절체절명의 순간처럼 오목가슴께가 찔리듯 아팠습니다.

　3년 전에 떠나가신 어머니, 그분 관 속에 가지런히 묶였던 옥양목 버선발이 거기 있었습니다. 불교식으로 염습(斂襲)을 해드렸었지요. 어머니는 동생이 직접 지은 한복 수의를 입고 가셨습니다. 그때 신으셨던 옥양목 버선

발의 모습이 거기 있었지요. 저도 모르게 입속말로 계속 주문을 외고 있었습니다. "한 발 한 발 내딛으세요, 어머니! 빛을 따라 앞으로 나아가세요." 하고. 한참을 비틀거리던 영혼은 마지막으로 뒤를 길게 돌아보더니, 훨훨 춤을 추며 떠났습니다. 그런데 이상하게 콱 막혔던 제 가슴도 시나브로 뚫리며 폐 깊은 곳까지 숨결이 닿는 느낌이었습니다.

얼마나 많은 눈물이 쏟아졌던지 공연이 끝나고도 한참 동안 얼굴을 들지 못했습니다. 겨릅대처럼 가볍고 농익은 노체에서 뿜어져 나오는 열정이 공연장을 숨죽이게 했지요. 소싯적부터 몸 안에 켜켜이 쌓인 춤출 거리가 예순이 넘어 깨어났다고 했습니다. 정덕미 소피아 그의 오랜 기다림의 기도가 영성의 꽃을 활짝 피워내는 순간이었습니다. 화양연화(花樣年華)와 같은 절정의 순간!

우리는 조물주의 정원에 잠깐 심겨졌던 한 그루의 나무입니다. 꽃 한번 활짝 피웠다가 본향으로 돌아가는 존재들입니다. 서른여덟에 육남매를 떠안고 과부가 되었던 여인, 그 여인이 이승의 삶에서 어디 꽃 한번 피워볼 여유가 있었겠습니까. 발꿈치가 닳고 닳도록 세상을 뛰어 육남매를 무사히 키워 이소(離巢)까지 시켜놓고 보니 남은 것이라곤 헐렁한 껍데기뿐이었습니다. 말년에는 정신마저 수시로 들랑날랑하는 시공간의 경계를 넘나드는 삶을 살았지요. 40년 전 과거의 삶과 현재를 동시에 살아가는 어머니는 아침에 눈을 뜨면 새댁이었다가 해 질 녘이면 노인으로 돌아가 시름에 잠겼습니다. 다행히 월경자[癡呆]의 삶은 그리 길지 않았지요.

저는 공연을 보는 내내 어머니의 영혼과 마주했던 느낌이었습니다. 그해는 돌아가신 지 3주기가 되던 봄이었지요. 한 편의 춤 공연을 보며 참 이상하고도 특이한 체험을 했던 봄이었습니다. 한 영혼에게는 천도제가 되었고, 환영을 보았든 제 설움에 취했었든, 모녀의 가슴에 맺혔던 응어리가 풀리는 해원(解冤)의 시간이었습니다. 일흔일곱 정덕미 선생의 노체에서 뿜어져 나왔던 춤은 그야말로 '방언'이었습니다.

유시연

봄을 기다리는 아버지

어머니의 뒤란

봄이면 뒤란에 온갖 화초가 피었다.

곰취, 부추, 돌나물 외에 해당화와 작약이 어우러졌다.

어머니의 꽃밭은 소박하면서도 적요했다.

항아리에 햇볕이 반사되어 윤기가 흘렀다.

독에서는 된장이 익어갔다.

유시연

강원도 정선에서 태어나 주로 산나물을 먹고 자랐다. 인천 소재 클래식기타합주단 '벨로체 앙상블'에서 활동하다가 지금은 통기타를 치며 노래부르기를 즐겨한다. 동국대학교 문화예술대학원을 졸업하고 2003년 동서문학 신인상으로 작품 활동을 시작했다. 소설집으로『알래스카에는 눈이 내리지 않는다』『오후 4시의 기억』『달의 호수』, 장편소설『부용꽃 여름』『바우덕이전』『공녀 난아』 등이 있다.

봄을 기다리는 아버지

    유혹에 미혹되지 않는다는 불혹의 시기에 나는 많이 흔들렸다. 인생도 사랑도 삶도 문학도.

    가난한 남자와 결혼 후 열정과 사랑으로 어려움을 극복하리라 믿었지만 내 마음대로 되는 것은 아무것도 없었다. 30평형대 아파트를 사고, 중형차를 사고, 주말에는 가족 동반 여행을 기획하며 대도시 한복판에 뿌리를 내리려던 내 삶은 그때부터 흔들렸다. 아이 아빠가 먼저 흔들렸다. 앞만 보고 치열하게 달린 30대를 지나 40대 중반에 인생의 동반을 약속했던 남자와 여자는 지쳐버렸다.

아버지에게 매번 돈을 빌려 썼다. 이자는 못 냈지만 꼬박꼬박 갚았다. 농사 지어 자식을 교육시키는 아버지의 어깨에는 동생 네 명이 딸려 있었다. 아이 아빠와 헤어지고 아버지에게 1년여 연락을 하지 않았다. 혼자 된 아버지는 자신의 약봉지를 챙기며 조용히 늙어가고 있었다.

아버지에게 나는 첫 열매였다. 한 인간의 인생에 처음이 붙는다는 것은 애착과 열정의 의미도 포함되리라. 초등학교 전 학년 내내 육성회장을 했던 아버지의 후광으로 나는 순조로운 학교 생활을 했다. 중학교에 입학하자 아버지는 만년필을 사주고 일주일치 용돈을 챙겨줬다. 1972년 봄, 나는 남녀공학 중학교 1학년이었다. 농촌 문화에서 용돈이라는 개념은 생소했다. 첫 열매인 자식에게 아버지는 무엇이든지 관여했다.

고향읍에 소재한 고교에 진학을 하라는 아버지의 말에도 나는 먼 도시의 여고로 갔다. 아버지는 어린 송아지 한 마리를 10만 원에 팔았다. 첫 하숙비가 2만 원이었다. 그런 일련의 과정 속에서 아버지는 이장일을 보고 새마을협의회 회장인가 하는 직함을 갖고 농촌계몽 운동에 힘썼다. 『상록수』에 나오는 동혁과 같은 인물이었다.

여고 시절, 주말이나 방학 때 기차를 타고 정선읍에서 내려 아버지의 단골 다방으로 가면 그는 어김없이 그곳에 있었다. 감색 양복에 검은 구두를 신고 머리에 포마드를 적당히 바른 아버지가 점잖게 앉아 마담과 레지 언니들에게 나를 소개했다. 나는 영문도 모르고 그녀들에게 돌아가며 꾸벅꾸벅 인사하고는, 어린이신문에 동시가 실렸고 글을 잘 쓴다는 아버지의 딸자랑에 얼굴이 붉어졌다.

아버지의 인생이 서서히 저물어가기 시작한 건 B형 간염과 간경화가 시작되면서부터다. 집으로 찾아오는 면서기와 군서기 공무원들, 조합 사람들, 그들과의 관계는 언제나 술이 매개가 되었다. 70년대 농촌 마을은 술에 절어 사는 사람들이 대부분이었다. 아직 기계화가 되지 않아 모든 들일을 몸으로 했다. 그들은 고된 노역에 술의 힘을 빌려 힘듦을 이겨냈다.

원주 시내 작은 아파트에서 시부모와 함께 살 때 아버지는 가끔 들렀다. 출가시킨 딸자식이 보고 싶기도 했고 시댁 문화에 적응을 잘 하고 있는지 궁금했을 터였다. 감색 양복에 넥타이를 매고 환하게 웃는 얼굴로 집 안에 들어선 아버지를 본 순간 따스한 기운이 나를 감싸고 돌았다. 그건 뭐랄까, 안심, 위안, 충족감 같은 느낌이었다. 혼자 집을 지키던 새댁 시절의 나는 이따금 고향 집 울타리를 둘러친 과일나무와 집 안팎의 풍경과 동생들이 그리웠다. 새로 이사 간 아파트로 찾아와 커다란 고무나무 화분을 놓고 커피 한 잔을 마시고 일어서는 아버지의 뒷모습을 계단 난간에 서서 오래 바라보았다. 아버지는 딸의 안위가 염려되어 그렇게 몇 번인가 찾아왔다가 후딱 가버렸다.

이혼하고 1년여가 지난 후 아버지를 찾아갔다. 몸이 쇠약해진 아버지는 일찍 침대에 누워 쉬고 있었다. 나는 혼자가 되었음을 고백했다. 아버지는 돌아누웠다. 긴 침묵이 흘렀다. 아버지의 볼에 눈물이 흘러내렸다. 나는 유리

문 밖으로 시선을 돌렸다. 화단에는 붉은 달리아가 한창이었다. 넝쿨장미가 울타리 나무를 타고 뻗어가고 멀리 강 건너 선산 기슭에 누운 어머니의 묘지가 보였다.

3년이 지나 아버지를 다시 찾았다. 낯선 남자와 집 안에 들어서자 아버지의 표정이 굳어지며 눈동자가 불안하게 움직였다. 아버지의 경직된 태도는 온몸의 세포가 올올이 일어나 뻣뻣해지는 느낌이었다. 아버지는 남자를 안방으로 안내했다. 남자가 아버지 앞에 공손하게 앉았다. 무릎을 꿇었는지는 기억나지 않는다.

"아버님, 따님을 평생 고생시키지 않고 지켜주겠습니다."

남자의 말에 아버지가 넌지시 건너다보았다. 아버지의 표정에 잠시 회한과 연민이 스쳐 지나갔다. 아버지는 나와 남자를 번갈아 쳐다보며 뭔가 생각하는 듯했다.

"혼인신고부터 먼저 하게."

한참 바라보던 아버지의 첫 마디였다. 그날 아버지를 모시고 신월리 '할머니집'에 들러 송어회를 사드렸다. 평소 송어회를 즐기던 아버지는 아주 천천히 맛을 음미하며 송어회를 드셨다. 회가 간에 안 좋다는 것을 알았지만 나는 아버지의 생이 얼마 남지 않았음을 느낌으로 알 수 있었고 아버지 또한 잘 알았다.

친척들이 농토를 팔아 모두 서울로 이사를 갈 때 종손인 아버지는 터를 지켰다. 새벽부터 밤늦은 시각까지 일을 하며 청춘을 보내고 늙어서는 병마에 시달렸다. 오남매 자식들은 도시에서 각자의 인생을 사느라 아버지를 돌아볼 여유가 없었다. 병이 깊어진 후 자식들은 아버지를 요양원에 모셨다. 일산에서 파주 가는 시골이었다.

"야야, 나를 집에 데려다 다오. 집에 가야겠다."

"아버지, 조금만 기다리세요. 봄이 오면 집으로 모실게요."

아버지는 자주 고향 집을 그리워했다.

"야야, 소는 들이맸는지, 집은 괜찮은지, 빨리 가봐야겠다."

"아버지, 걱정 마세요."

아버지는 봄을 기다렸다. 그해 추위가 절정에 다다른 섣달에 아버지는 고요히 눈을 감았다. 그날 낮에 여동생 란이 아버지를 찾아가 말동무를 해드리고 영양제를 놔주

꽃 진 자리에 어버이 사랑

고 딸기를 나눠 먹고 밝은 모습으로 담소를 나누었다. 여동생이 집으로 돌아와 미처 숨 돌릴 틈도 없이 아버지의 소식이 전해졌다.

어머니의 뒤란

어머니를 기억하려면 안개 숲을 아주 천천히 걸어가야 한다. 나에게 어머니는 아련하게, 그러면서도 삼베 적삼 빛깔로 피어오른다.

1934년 개띠 생인 어머니는 열아홉 살에 꽃가마를 타고 재를 몇 개씩 넘어 시집을 왔다. 어머니의 친정은 머슴을 두엇씩이나 두고 농사를 짓던 터여서 살림 규모가 넉넉했다. 큰 살림을 하던 집에서 성장한 어머니는 추수가 끝나면 조청을 만들고 엿을 고아서 광에 갈무리해뒀다. 콩을 불려 두부를 한 말씩 해서 이웃과 나누어 먹기도 하였다.

동갑내기 아버지와 혼인을 한 어머니는 군대에 복무하는 아버지 대신 말만 한 시누이 셋을 데리고 알콩달콩 살았다. 시누이 세 사람은 시골 처녀 같지 않게 칼칼하고 멋을 낼 줄 알았고 까칠한 외모와 달리 어머니와는 잘 지냈다. 순박한 처녀였던 어머니는 성질 급하고 일 잘하는 아버지에게 시집살이를 호되게 당했다. 그럼에도 불구하고 어머니는 아버지를 사랑했다. 얼굴도 모르고 친척 중매로 혼인을 하고 낯선 환경으로 시집을 왔지만 아버지의 뒷바라지를 하는 데 열과 성을 다했다.

"얘야, 일어나거라."

새벽 어스름녘이면 들리는 어머니의 목소리.

이른 아침 부엌에 나가면 가마솥에 쇠죽 끓이는 냄새가 났다. 어머니는 따뜻한 물을 대야에 담아놓고 내 도시락을 쌌다. 반찬은 소시지, 멸치볶음, 오뎅이다. 어머니는 밥을 담아 그 위에 계란 프라이를 얹어서 도시락을 싸줬다. 손바닥만 한 작은 도시락을 가방에 넣고 어머니가 부뚜막에 데워준 구두를 신고 신작로 십 리를 걸어서 중학교에 갔다. 그 시절 산을 넘고 내를 건너서 학교에 오는 아이들이 있었다. 도시락을 싸 오지 못해 굶는 친구들도 많았다. 나는 도시락을 친구와 나누어 먹었다. 그 시절의 도시락 반찬 이야기를 하면 내 주변 작가들은 부르주아라 놀린다.

먼 남쪽 섬에서 보따리를 이고 해산물을 팔러 오는 여자들이 간혹 있었다. 어머니는 여자들이 갖고 오는 물건에 관심이 많았다. 멸치, 미역, 마른 새우, 어묵, 간고등어, 조기⋯⋯ 어머니는 그녀들의 보자기가 늘 궁금했다. 보따리장수 여자를 불러들여 밥을 먹이고 이것저것 질문을 하는 어머니의 눈빛이 호기심으로 가득했다. 해산물을 사고는 보리쌀이나 콩, 팥 같은 곡식으로 셈을 했다. 먼 데서 온 여자들이 집에서 자고 가기도 했다. 보따리장수 여자들 덕분에 가끔 생선구이나 생선조림을 먹었다. 어쩌면 어머니는 그 여자들이 이고 오는 먼 바다의 바람이 그리웠을까. 다른 세상 이야기가 궁금했을까. 보따리장수 여자를 불러들여 밥부터 먹이는 어머니를 보며 떠올린 의문이다.

어머니가 일어나는 시간은 새벽 4시쯤. 오남매 도시락

을 15년 동안 하루도 거르지 않고 썼다. 겨울철이면 발이 시릴까 봐 부뚜막에 운동화나 구두를 올려놓아서 푸른 운동화가 거무스레 탄 적도 있다.

아버지는 어머니에게 무뚝뚝한 남자였다. 하지만 밖에 나가서는 뭇 여성들에게 인기가 많았다. 아버지를 따라다니는 소문에도 어머니는 묵묵히 밭을 매고 소여물을 끓이고 집 안팎을 관리했다. 나는 어머니에게 쌀쌀맞은 딸이었다. 화장도 안 하고 멋을 낼 줄 모르는 어머니가 싫었다. 애교도 없고 무뚝뚝한 어머니와 아버지는 가끔 싸웠다.

어느 하루 아버지와 다툰 어머니는 나에게 왔다. 내 나이 서른 초반 무렵이다. 결혼하여 신혼을 원주에서 보내던 때였다. 주말이라 늘어지게 늦잠을 자고 일어나니 일찍 일어난 어머니가 마루에 앉아 혀를 끌끌 찼다.

"으이그, 게을러터져서 어찌 사누."

새벽같이 일어나 하루를 시작하는 어머니는 해가 중천에 뜰 때까지 늦잠을 자는 딸 부부를 깨우지도 못하고 배가 고파서 허기가 졌다고 툴툴댔다. 생각하면 나는 참 못된 딸자식이다. 어머니의 마음을 위로해주지도, 공허한 마음을 어루만져주지도 못한 철없는 자식이다.

사회활동을 하는 아버지 주변에는 늘 여자들이 많았다. 어느 날 밤, 멋쟁이 여자가 집으로 찾아왔다. 어머니는 아무 말 안 하고 사랑채에 아버지와 여자의 잠자리를 마련해줬다. 여자는 다음 날 새벽 첫 버스로 떠났다. 그 이후 여자는 화장품이며 스카프, 옷가지를 사서 어머니에게 부쳤다. 어머니는 여자가 보낸 화장품과 옷가지를 건드리지 않고 그대로 보관했다.

그때부터일 것이다. 어머니가 아버지 몰래 소주를 마시기 시작한 것이. 어머니의 인생은 서서히 허물어져갔다. 배우자에게 다른 이성이 있다는 게 얼마나 큰 고통이며 상처인지. 나는 결혼하고 그 문제로 힘들어할 때 비로소 어머니를 이해했다. 평소 대범해 보이던 어머니에게 아버지의 여자란 영원히 지워질 수 없는 화인이었을 것이다.

어머니는 밥을 지으면 고봉밥을 담아 뚜껑을 덮어 부엌 선반에 올려놓았다. 하루도 빼놓지 않고 밥을 올렸다. 그것이 조왕신에게 바치는 어머니 나름의 기원이었음을 내가 국문학을 하면서 알게 되었다.

뒤란 장독대에는 어머니의 사연이 숨을 쉰다. 반질반질 윤이 나는 항아리에는 어머니의 슬픔과 기쁨, 고통이 결마다 촘촘한 무늬를 만들었다. 항아리를 닦으며 어머니는 스스로를 담금질했다. 때때로 장독대에는 흰 사발에 정화수가 놓였다. 봄이면 뒤란에 온갖 화초가 피었다. 곰취, 부추, 돌나물 외에 해당화와 작약이 어우러졌다. 어머니의 꽃밭은 소박하면서도 적요했다. 항아리에 햇볕이 반사되어 윤기가 흘렀다. 독에서는 된장이 익어 갔다.

내 나이 서른세 살 초가을에 어머니는 사고로 세상을 버렸다. 내가 결혼하고 새로운 환경에 뿌리를 내리려 몸살을 앓던 무렵이다. 살아가면서 힘들 때 어머니가 일찍 돌아가신 게 가슴에 맺힌다. 된장 담그는 법도, 고추장 담그는 법도 배우지 못했는데. 그녀 나이 58세. 꽃가마 타고 재를 넘어 시집 온 어머니는 꽃상여 타고 내를 건너 조상들의 땅으로 가버렸다.

이신자

영원한 군인

엄마의 흙사랑

사방을 감싸고 있는 자연은 어머니의 왜소한 몸을 품어주는 듯했다.

밭에 있으면 어머니는 새가 되고 나무가 되고

풀이 되고 들꽃이 되고

상추가 되고 옥수수가 되고

감자가 되고 흙 속의 굼벵이가 되기도 했다.

이신자

서울 연희동에서 태어났다. 가천대학교 대학원에서 국어교육학을 전공하였고 현재 초등학교에서 논술과 글쓰기를 가르치고 있다. 2012년 계간지 『서시』에 소설을 발표하였다.

영원한 군인

1박 2일의 짧은 휴가를 국가로부터 허락받은 군인 아버지가 종일 걸어 고향 마을인 담양 대성리에 도착했을 때는 한밤중이었다. 군복 차림의 청년이 시커먼 어둠 속에서 방문을 흔들어대자 할머니는 숨을 죽인다. 비록, 몇 달 전까지도 자리보전 처지였던 영감이었을망정 남정네의 기척이 절실한 순간이었다. 아버지는 어둠 속에서 밭은 기침 소리를 내뱉는다. 낯익은 기침 소리에 할머니의 두려움은 일순간에 걷힌다.

"어무이, 학섭이구만요……."

할머니는 재빠르게 방문을 연다. 허름한 문짝과 함께

문고리를 잡은 할머니의 상체가 밖으로 쏟아질 듯하다. 아버지는 할머니의 손을 맞잡아 들고 방 안 한가운데 모셔 들인다. 효자 아버지는 1년 사이에 부쩍 야윈 듯한 할머니의 얼굴을 살핀다.

아버지는 뿌연 새벽빛 속에서도 방 안의 풍경을 휘, 둘러본다. 할아버지가 줄곧 누워 계시던 아랫목에 어린 동생이 자고 있다. 아버지는 아무 말 없이 할머니께 큰절을 올린다. 1년 사이 어깨도 넓어지고 손도 발도 키도 한 뼘 정도 더 커진 듯한 장남의 큰절을 묵묵히 받은 할머니는 갑자기 북받치는 설움을 참지 못하고 눈물을 쏟아낸다.

아버지는 밤새도록 일가붙이들을 만나기 위해 담양 구석구석을 헤맨다. 1박 2일의 휴가가 끝나고 나면 피가 튀고 시체가 널브러진 전쟁터로 다시 돌아가야 하기 때문이었다. 아버지는 다리가 아픈 줄도 모르고 배가 고픈 줄도 모르고 군화 속에서 곪아가는 엄지발가락에서 흐른 진물이 굳어가고 다시 터져 오르도록 사촌, 오촌, 육촌 형제들과 외삼촌, 당숙, 팔촌 아재까지 다 찾아보고 다닌다. 미친 듯이 동네를 돌며 일가붙이들의 면상을 확인한 아버지

꽃 진 자리에 어버이 사랑

는 집에 돌아와 곯아떨어진다. 초가집이 떠나가라 코를 골던 아버지는 복귀 시간이 임박하자 귀신같이 일어나 할머니가 챙겨준 주먹밥을 등허리에 동여매고 사립문을 뛰쳐나간다.

스물두 살의 아버지는 내일을 기약할 수 없었다. 어쩌면 장가도 못 가고 죽을지도 모른다는 불길한 상념이 하루에도 몇백 번씩 든다. 전장에 함께 나갔던 전우나 이름 모를 이들의 튀어오른 살점과 피가 튀어 군복에 묻고 죽은 자들의 터진 내장과 깨진 두개골에서 쏟아져 나온 뇌척수액과 터져버린 눈알을 그대로 밟고 넘어 공격하거나 후퇴하거나 미친 듯이 질주해야 할 때, 아버지의 정신력은 끝간 데 모를 수렁으로 추락하는 기분이다. 아버지는 목숨이 끊기기 전에 정신이 먼저 돌아버릴 것 같은 예감이 든다. 전쟁터는 분명 생시이지만 이미 생명줄이 끊어진 자들이 겪고 있는 지옥의 상황과 흡사할 것 같았다. 하지만, 아버지는 현 상황이 생시인지, 지옥인지 생각하고 돌아볼 겨를이 없다. 찰나의 순간이라도 긴장의 끈을 놓으면 적의 총알과 저들이 던지는 폭탄과 내지르는 개머리

판이 아버지의 머리통을 깨부술 판이었다. 아버지는 감상에 젖을 겨를이 없다. 오직 상대를 공격하고 겨냥하고 상대의 공격을 피하고 미친 듯이 도망치는 일에 열중할 뿐이었다.

지옥 같은 낮을 견뎌내고 살아남아 밤을 맞이했을 때 아버지는 야외 침상에서 비로소 지옥을 맛본다. 고향에 두고 온 어여쁜 색시와 돌배기 아들 자랑을 하던 열아홉 청년의 주검, 노모와 어린 삼남매를 두고 전사할까 봐 노심초사했던 서른 넘은 가장의 실종, 혼례를 치르고 초야의 서먹함이 가시기도 전에 입대를 해야 했던 새신랑의 전사 소식을 들었을 때 아버지 또한 이승에서의 삶도 길지 않을 것이라는 예감에 몸서리친다.

아버지는 꼬박 3년간의 한국전쟁을 고스란히 치른 후 28세에 비로소 제대를 할 수 있었다.

섣달 시린 바람 속에서 스물여덟 살의 아버지는 초례청 앞에 선다. 허술한 섬유 조각을 뚫고 들어온 한겨울 추위가 살을 에이게 하지만 전쟁터에서 겪어본 혹한에 비하면 껌이었다. 아버지는 여덟 살 어린 스무 살 신부의 얼굴을 첫날밤 족두리를 벗기며 자세하게 살핀다. 얼굴이 조막만 하고 눈코입이 제법 선명한 미인형의 낯이지만 극도의 수줍음과 두려움과 어딘지 어리바리한 인상을 복합적으로 담고 있는 신부의 얼굴이 낯설지 않다. 문득 몇천 년 동안의 깊고 깊은 세월의 골짜기를 돌아온 인연의 깊이가 느껴진다. 동시에 조막만 한 얼굴의 색시와 몇십 년의 세월을 함께할 것 같은 예감도 든다.

52년을 그 아내와 살고 아버지는 다시 6 · 25 참전 용사로 돌아간다. 아버지는 그토록 소원하던 국가유공자증을 손에 쥔 지 1년 반 후에 이승을 하직하신다. 아버지의 다리와 종아리에 박힌 탄환과 탄피 조각들은 돌아가실 때까지 빼내지 못하고 몸의 일부가 되어 함께 살다가 산화된다. 아버지는 국가유공자증을 받기 위해 수 년 동안 국가와 투쟁을 했지만 국가는 일개 병사에게 결코 호락호락하지 않았다. 고등교육을 받은 장교 출신들은 전쟁터에 단 한 번도 나가지 않고 그 치열한 전시 상황에서 행정직으로 펜대만 굴렸어도, 탄환이 박히기는커녕 찰과상도 입지 않았던 건장한 그들의 신체에 국가는 훈장과 유공자증을 선사했다. 그들은 60년이 넘는 세월을 명예로운 국가유공자로 살며 온갖 혜택을 누렸다. 다리에 박힌 탄환을 60년 동안 몸의 일부로 여기며 지내온 데다 비 오면 경상도 출신 상관에게 맞았던 어깨와 등허리가 돌아가실 때까지 통증으로 남았어도 국가는 쉽사리 아버지에게 유공자증을 내밀지 않았다. 우여곡절 끝에 받은 국가유공자증은 오래지 않아 아버지의 유품이 되고 말았다. 아버지에게 유공자증은 어떤 의미였을까.

아버지는 고향의 선산에 돌아가지 못하고 다시 참전 군인이 되어 대전 현충원에 묻혀 계신다. 주변에는 한때 생사를 함께했던 한국전쟁의 참전 용사들이 있고 베트남 참전 용사, 약관의 나이에 가족의 품을 영영 떠나야 했던 기구한 운명들과 함께 벗하며 지내고 계신다. 아버지는 외롭지 않다. 그 지긋지긋한 스무 살의 전쟁터로 다시 돌아간 듯하겠지만 전우들과 함께이기 때문이다.

아버지는 조경업자로 밥벌이를 했다. 아버지는 나무와

꽃을 좋아한다. 나무만큼 사람들과 어울리는 것도 좋아했다. 살아생전 항시 개를 키우셨다. 생명을 가진 것은 모두 좋아하셨던 것 같다. 치열한 전쟁터에서 옆에 있는 전우들이 죽어갈 때 비록 적이지만 한 민족일 수밖에 없는 공산군과 생사를 건 싸움을 벌여야만 했을 때 생명 있는 것들을 유독 소중히 여겼던 아버지는 무슨 생각을 했을까. 아버지는 내가 살기 위해 상대를 죽일 수밖에 없었고 매일 전쟁터에 나갈 때마다 다음 날이 존재하지 않을 것 같았다는 짧은 단상만을 얘기하셨을 뿐 돌아가실 때까지 전쟁의 끔찍한 상처는 치유되지 않은 듯 당시의 상황을 함구했다.

사람 좋아하고 약자에게 약하고 강자에게 강하고 때로는 무분별할 정도로 강했던 정의감이 아버지의 가슴에 비수를 꽂는 아픔이 되고 아버지는 가슴의 병을 얻는다. 급성 백혈병으로 투병하신 지 한 달 반 만에 아버지는 조국의 품에 영면하신다.

막내딸의 가슴에 아버지의 모습은 자랑스러움과 안쓰러움의 양립된 감정으로 공존한다. 아버지는 막내딸에게 많은 것을 주셨다. 아버지가 주신 가장 큰 유산은 유년기의 사랑이다. 유년기에 받았던 아버지의 사랑은 막내딸이 자라 성인이 되어 삶에서 모진 비바람이 닥칠 때마다 절망하지 않고 인생의 난제를 유쾌하게 풀어 넘길 수 있는 자양분이 되었다.

피붙이에 대한 그리움과 아쉬움으로 밤새도록 고향 고샅을 헤매던 젊은 청년은 다시 노병이 되어 현충원에 잠들어 계시고 막내딸은 그런 아버지의 모습을 밤늦은 시간까지 그리워하며 애달파한다.

꽃 진 자리에 어버이 사랑

엄마의 흙사랑

   신랑의 눈에는 살기가 가득했다. 사람의 눈에서 독이 뿜어져 나올 수도 있다는 것을 새색시는 시집 와 처음으로 보았다. 새색시는 시집 온 지 1년이 다 되도록 신랑의 눈을 똑바로 쳐다보지 못했고 말 한마디 살갑게 붙여보지 못했다. 새색시는 한 동네에서 자라 한 동네로 시집 온 친구가 부러웠다. 친구 신랑은 다정했다. 밭일을 하다가도 친구가 물동이를 이고 가면 얼른 뛰어와 받아주었고 빨래 대야를 냇가까지 들어다주기도 했다. 동네 어른들은 그런 친구의 신랑을 팔불출이라 타박했지만 칠불출이 되어도 그처럼 다정한 사랑을 받아보았으면 좋겠다며 새색시는 부러워했다. 아니나다를까, 친구의 몸에서는 시집 온 지 3개월도 안 되어 태기가 보였다.

새색시는 신랑이 무섭고 두렵기만 했다. 새신랑의 몸에서 느껴지는 살기는 새색시의 몸을 자꾸 움츠러들게 했고 부부 금슬은 어긋나기만 했다. 신부는 밤이 두려웠다. 그렇다고 신랑이 싫은 것은 아니었다. 밭에서 호미질을 하다가도 산에서 나물을 캐다가도 신랑 생각만 하면 볼에 홍조가 일고 가슴이 두근거렸다.

스무 살의 어머니는 시집 온 지 1년이 넘도록 포태가 되지 않아 소박 맞을 위기에 처한다. 금슬 좋은 친구 내외는 슬하에 첫째를 두고 둘째가 뱃속에 들어서도록 어머니는 포태하지 못한다. 어머니는 신랑의 살기 가득한 눈자위가 무섭고 두렵기만 하다는 말을 차마 누구에게도 하지 못한다. 엄한 시어머니의 혹독한 시집살이는 갈수록 고되기만 하고 어머니는 하루에도 몇 번씩 의지할 이 없는 시집살이에 눈자위를 닦아낸다. 담양 대성리에서 덕성리까지 걸어서 반나절도 안 되는 거리이지만 시집 온 지 1년이 넘도록 가본 적은 단 한 번뿐이었다. 친정

꽃 진 자리에 어버이 사랑

어머니의 생신을 기념해서였다. 분명, 신랑과 함께 나선 길이었지만 화살처럼 빠른 신랑의 걸음을 도저히 따라갈 수 없었고 어머니가 친정에 도착했을 때에 신랑은 친정 오빠와 막걸리를 몇 순배 돌리고 있던 참이었다. 그리 살가운 모녀지간은 아니었지만 친정 엄마는 시집 보낸 막내딸을 1년여 만에 보자 구정물이 든 앞치마에 코를 팽 풀었다. 나름대로 깔끔한 성정을 지녔던 어머니는 그런 친정어머니의 불결함에 코끝을 찡그렸다.

아이가 생기지 않는 2년여의 세월 동안 어머니는 매일 밭에 나갔다. 밭에서 일을 하다가 끼니를 잊을 정도였다. 어머니는 흙이 좋았다. 흙을 만지고 흙냄새를 맡고 그 흙에서 나는 연둣빛 싹을 보고 여문 푸성귀를 뜯어다 먹는 맛은 일품이었다. 고기를 먹는 것에 비할 수 없는 맛이었다. 밭에 나가 흙냄새를 맡고 새소리를 듣고 오래된 고목이 뿜어내는 느른한 향을 맡고 있으면 어머니의 근심은 사라졌다. 사방을 감싸고 있는 자연은 어머니의 왜소한 몸을 품어주는 듯했다. 밭에 있으면 어머니는 새가 되고 나무가 되고 풀이 되고 들꽃이 되고 상추가 되고 옥수수가 되고 감자가 되고 흙 속의 굼벵이가 되기도 했다.

어머니는 스물두 살에 포태에 성공하고 돼지해에 첫딸을 낳는다. 그 후 연이어 딸을 낳아 미역국에 눈물을 빠뜨리고 그 미역국을 다시 입속에 집어 넣을 수밖에 없는 비극적인 상황을 연출한다. 딸은 대를 이을 수 없고 반드시 대를 이어야만 하는 거창한 집안도 아님에도 불구하고 어머니는 맏며느리로서 아들을 낳아야만 하는 지상 최대의 과제를 짊어진 아낙이었다. 어쩌면 어머니의 과제는 당시의 아낙들이 공통적으로 짊어지고 있는 과제였을 것이다. 어머니는 둘째 딸을 낳고 삼칠일도 지나지 않아 듬성듬성 빠지기 시작하는 머리칼을 야무지게 말아 쪽을 지고 밭에 나갔다. 어두운 방구석에서 눈물바람으로 근심걱정에 빠져 있느니 밭에 나가 일을 하는 편이 훨씬 나았다.

살기 가득했던 신랑의 눈매는 세월이 지나면서 기운이 꺾이고 순해진다. 반면 내리 딸을 둘 낳은 후에 내리 아

　　　　　　　　　　꽃 진 자리에 어버이 사랑

들 둘을 낳게 된 어머니의 기세는 세월이 갈수록 의기양양해진다. 아들 둘을 낳았어도 또 다른 아들 욕심에 다섯째를 낳던 아버지와 어머니는 막내가 딸인 것을 알게된 순간 '공것'이라는 별칭을 지어준다. '공것'은 아버지와 어머니의 품을 번갈아가며 어리광을 부리고 '공것'의 치명적인 애교에 빠진 아버지의 눈자위엔 그나마 남아있던 살기의 흔적이 증발한다.

어머니의 서울살이는 50여 년이 넘어간다. 어머니는 그 오랜 서울살이에도 고향의 언어를 애용하고 동네 나대지를 개간하여 밭을 일구고 그 밭에서 일군 식물로 밥상을 차리신다. 어느새 쉰 살이 다 된 '공것'은 그런 어머니의 지나친 흙사랑이 싫어 만류하고만 싶어진다. 여든 넘은 노파가 흙투성이로 다니는 것도 염려되지만 밭에 나가면 한여름의 땡볕도, 해 질 녘의 집요한 모기 떼의 괴롭힘도, 끼니 때가 한참 지나도 다 잊고 흙에 빠져 있기 때문이다. 식료품점에 가면 5천 원도 안 되는 가격으로 얼마든지 구할 수 있는 푸성귀 따위로 인해 어머니의 삭신이 골병 드는 것을 자식 된 입장에서 두고 볼 수만은 없는 일이었다.

막내딸은 밭을 향한 어머니의 집착을 끊어내기 위해 설득과 회유를 넘어 말다툼까지 벌이지만 어머니의 고집은 도저히 끊을 수 없었다. 돌아가신 외할아버지가 살아오신다 하여도 어머니를 설득할 수 없을 것 같았다.

근래 들어, 막내딸은 어머니가 흙에 집착하는 이유를 어렴풋이 알 수 있을 것 같다. 전쟁의 상처를 가득 안고 사는 청년을 새신랑으로 맞았던 새색시가 친정 같은 휴식처로 삼을 수 있었던 것은 밭이 아니었을까. 살기 가득한 상처를 두 눈에 담고 사는 새신랑이 무서울 때마다, 아들을 낳지 못한다고 핀잔을 들을 때마다, 부엌살림을 못한다고 시어머니께 타박을 받을 때마다, 무조건 시어머니 편만 드는 효자 남편에게 서운할 때마다 어머니는 밭에 나가 흙을 주무르며 마음을 다스렸을 것이다.

밭에서 어머니는 수많은 생명을 잉태한다. 비록 상추와 깻잎과 옥수수와 가지와 오이, 호박 등 흔한 푸성귀 따위였지만 그것은 어머니에게 돈으로 환산할 수 없는

꽃 진 자리에 어버이 사랑

소박하지만 훌륭한 작품일 것이다.

그런 엄마의 마음을 짐작하고 있는 막내딸이지만 엄마의 관절이 부실해지고, 과로로 인해 삭신이 쑤시고 입술이 부르틀 때마다, 막내딸은 그 모든 것이 밭으로 인해 빚어진 일인 것만 같아 타박을 멈출 수 없다. 하지만, 이제 더이상 말릴 수 없다는 것을 안다. 밭은 어머니에게 가장 흥미롭고 기쁨을 주는 풍요로운 친구였다는 것을 깨달았기 때문이다.

장현숙

아버지의 크리스마스 카드

아카시아꽃이 핀 줄도 모르고

나이 드는 일이란 이렇게 허망하고 덧없는 일일까.

세상의 모든 엄마들은 황무지를 개간하여 '새끼'라는 싹을 틔우고

혼신의 힘을 다해 생명을 길러내어 꽃을 피우게 만든다.

그리고 정작 자신은 '새끼'에게 모든 것을 다 내어주고 웃으며

기꺼이 스러져간다.

장현숙

포항에서 태어나 경주에서 성장하다 서울로 이주하였다. 내 문학적 토양은 경주에서의 추억에서 비롯된 듯. 이화여고 시절에는 음악 듣기와 그림 전시회를 즐겼다. 경희대학교 국어국문학과에서 황순원 선생님을 만났다. 현재 가천대학교 한국어문학과 교수. 여전히 유유자적 여행하기를 좋아하고 발밤발밤 걸어 자유를 지향하고 있다. 탈일상을 꿈꾸면서. 저서로 『황순원문학연구』 편저로, 『황순원 다시 읽기』 『한국 소설의 얼굴』(18권) 등이 있다.

아버지의 크리스마스 카드

 봄을 담고 오는 하늘이 무연히 맑다. 아버지는 나에게 늘 하늘과 같은 존재였다. 넓고 깊은 마음을 가지셨던 아버지는 하늘을 닮았고 바다를 닮았다. 크게 화내시는 일도 없이 늘 빙그레 웃음을 지으셨던 아버지. 아버지는 과묵하셨고 감정 표현을 할 줄도 모르셨으나 자식을 당신의 전부로 여기셨다. 세상의 어머니들처럼 내 아버지는 자식에게 무조건적으로 희생하셨다. 세상의 아버지들처럼 권위적이거나 억압적이지 않으셨다. 그래서 나는 자유로운 환경에서 자랄 수 있었다.

 친구와 술을 좋아하셨던 아버지는 결국 술 때문에 뇌

경색으로 쓰러지셔서 감옥과도 같은 5년의 세월을 견뎌야 했다. 눈이 내리고 꽃이 피고 지고 낙엽이 떨어지길 다섯 번이나 되풀이할 때까지 면벽한 채, 아버지는 당신을 찾아줄 아내와 자식을 하염없이 기다리셨으리라. 아버지를 생각하면 김광림 시인의 시「산」이 자꾸만 생각난다. "한여름에 들린/가야산/독경소리//오늘은/철늦은 서설(瑞雪)이 내려/비로소 벙그는/매화 봉오리//눈 맞는/해인사/열두 암자를//오늘은/두루 한겨울/면벽한 노승의 눈매에/미소가 돌아".

눈과 면벽한 노승의 미소가 아버지와 자꾸 겹쳐지기 때문일까. 아버지의 투병 생활이 면벽한 노승같이 느껴졌기 때문일까. 진눈깨비 흩날리던 그날, 아버지의 눈매가 자꾸 생각나서일까.

진눈깨비 흩날리던 그날, 내가 이화여고에 입학 시험을 치르고 발표를 기다리던 그날. 아버지는 대문을 밀치고 들어서면서 기쁨의 환호를 외치셨다. "현숙아, 합격이야, 합격! 됐어!"

꽃 진 자리에 어버이 사랑

아버지의 머리뿐만 아니라 쌍꺼풀진 속눈썹도 희끗 희끗 눈을 달고 젖어 있었다. 코트를 걸치고 계셨던 아 버지는 진눈깨비를 맞아 온통 젖어 있었지만, 아버지의 기쁨에 가득 찬 눈동자와 담뿍 눈을 머금은 웃음만이 나에게 클로즈업되고 있었다. 합격자 명단에서 내 이름 을 발견하고서 너무 좋아서 버스를 탈 생각도 미처 못 하고 종암동까지 마냥 걸어오셨다는 아버지. 장남인 오 빠가 입시에서 자꾸 떨어져 마음고생이 심했던 아버지 에게 나의 합격은 최고의 선물이었음에 틀림없었을 것 이다.

아프지도 않고 젖만 주면 무럭무럭 잘 컸다던 나는 잠 도 많았다. 그런 잠보가 여고를 졸업하고 국문과에 진학 하겠다고 했을 때, 아버지는 "가정과는 어때?" 하고 꼭 한마디 하셨다. 그러나 곧바로 네가 원하면 그렇게 하라 고 나의 선택을 존중해주셨다. 그런 아버지에게 나는 꼭 한 번 모진 말을 뱉어내었다. 대학원 다닐 때였던가. 아 버지가 몇 년째 새로운 사업을 하시느라 홍보하시느라 고전을 면치 못하고 힘겹게 버티고 계실 때였다. "아버

지는 왜 되지도 않는 사업을 그렇게 붙잡고 계세요!"라
고. 믿었던 딸에게 그런 모진 말을 들은 아버지의 마음
은 얼마나 시리고 아팠을까. 나를 배웅하던 아버지의 굽
은 등이 쓸쓸하고 외로워 보였다. 아버지, 죄송해요. 결
혼을 결정하고 청량리에 있던 시댁을 방문하고 가시던
아버지의 뒷모습 역시 허전하고 슬퍼 보였다. 그래서 아
버지의 뒷모습은 나에게 언제나 슬픔으로 아픔으로 다
가왔다.

아프고 괴로운 병상 생활에서도 아버지는 짜증내시
거나 화내지 않으셨다. 지루한 나날을 그림 그리라고
내어드린 스케치북에 '현숙아, 행복하게 사러라' 하고
삐뚤삐뚤한 글자로 적어 크리스마스 카드로 만들어주
셨다.

여행을 좋아했던 나는 병상에 누워 계신 아버지에게
내가 다녀온 여행 이야기를 들려드리지 못했다. 일상에
서 있었던 소소한 재미난 이야기도 해드리지 못했다. 병
상에서 면벽하고 계신 아버지에게 죄송한 마음이 들었
기 때문이다. 그래서 책만 읽어드리고 그림만 그리라고

성화를 대었다. 그때 차라리 여행 때 좋았던 경치나 사람들, 소소한 일상 이야기를 많이많이 해드릴걸 후회가 된다. 아마도 아버지는 좋아하셨을 텐데. 명절 때 집에 그리도 가고 싶어 하셨는데 나중 더 힘들어하실까 봐 모시지 못한 것이 끝내 죄스럽다.

아버지가 위독하시다고 동생이 연락했지만 입시 출제하느라 병문안을 가지 못했던 며칠 후. 입시가 끝나자마자 바로 병원으로 향했다. 아버지는 날 기다리셨을까. 나를 알아보시고 내가 잠깐 나간 사이 "따 따 딸" 하고 찾으셨다. "아버지, 내가 입시 출제하느라 열흘간 집에 못 갔어요. 집에 갔다가 다시 올게요."라는 말에 고개를 끄덕이던 아버지의 마지막 모습. 그리고 이틀째 새벽, 아버지는 하늘나라로 돌아가셨다.

2011년 10월 5일 새벽 4시 13분. 아버지는 임종 때 붉은 피를 토해내셨다. 얼른 닦아드리지도 못하고 남편이 닦아드리는 걸 멍하니 지켜보았던 못난 딸이 오늘도 봄 빛깔 가득 머금은 하늘을 보며 아버지에게 주문

한다. 아버지, 저 아픈 건 못 참아요. 아프다 죽지 않고 자다가 죽을 수 있게 하늘나라에서 기도해주세요. 여전히 이기적인 딸이지만 아버지는 하늘나라에서 빙그레 웃으실 게다. 그리고 '그러마' 하고 고개를 끄덕이실 게다. 왜냐하면 당신은 나의 소중한 하늘이고 나의 아버지시니까.

꽃 진 자리에 어버이 사랑

아버지에게 마지막으로 받은 크리스마스 카드

아카시아꽃이 핀 줄도 모르고

이제 머지않아 아카시아꽃이 달콤한 향내를 마구마구 퍼뜨리는 계절이 올 것이다.

엄마는 저녁 먹고 진통을 하다 나를 낳았다고 하셨다. 내가 이 세상에 나온 시간을 정확히 알지 못하고 적어놓지도 않았다고 하셨다. 덕분에 나는 단 한 번도 점을 본 적이 없다. 흔히들 세상의 엄마들은 입시를 치를 때나 자식을 출가시킬 때 점이나 사주팔자나 궁합을 보곤 한다. 그런데 나의 엄마는 네 명의 자식을 출가시키면서도 단 한 번도 사주팔자나 궁합을 보지 않으셨다. 이 점에서 엄마는 세상의 여느 엄마들과 다르다. 엄마는 팔자나 운명이란 없으며 삶은 자신의 의지로 개척하는 것이라고 팔십 중반을 넘기고 있는 오늘날까지도 굳게 믿고 있다.

1933년생인 엄마는 중학교를 원주에서 마치고 동양백화점을 운영하던 외사촌 댁에서 덕성여고를 다니셨다고 한다. 자신의 삶은 자신의 의지로 개척해야 한다는 엄마의 믿음은 이러한 신학문의 영향이었을까. 어쨌거나 엄마의 진보적 가치관은 자식의 교육에서도 그대로 적용되었다. 덕분에 나는 연년생인 오빠와 차별받지 않고 자랐다. 다른 집과는 달리 장남인 오빠의 밥그릇에 계란이 감추어져 있지도 않았고 딸이라고 양보나 희생이나 인내를 강요받지도 않았다.

그야말로 우리 집안은 아버지를 포함해 모두가 수평적 관계로 유지되었다고 볼 수 있다. 자기 삶은 자기 의지로 개척해야 한다는 엄마의 신념은 '주전자 저금통'을 창조했다. 매일매일 그날 쓸 돈의 10분의 1을 아껴 '주전자 저금통'에 넣는 것이다. 네 살 때 즈음이었던가. 오빠 따라 주전자에 있는 돈을 훔쳐다 하얀 눈깔사탕을 사 먹다가 엄마한테 혼난 일이 어렴풋이 떠오른다. 그 저금통 덕분에 엄마는 아버지의 사업 자금을 빌려줄 수도 있었고 사 남매의 등록금을 차질 없이 낼 수도 있었을 것이다. 엄마 는 지금도 집안 곳곳에 저금통을 마련해놓고 저금을 하 신다. "엄마는 그 나이에 뭐 하러 저축을 해요? 그냥 편하 게 쓰지." 내가 말하면, "나 아프면 어쩌니? 너희한테 부 담 주기 싫어!" 하시며 고개를 절레절레 흔드신다. 친구 들 모임에서 돌아오실 때도 웬만하면 택시 타면 좋으련 만 절대 안 타신다. 내가 뭐라고 하면 "너 돈 그렇게 쓰면 안 된다. 저축을 해야지." 하고 도리어 잔소리를 하신다.

재작년까지만 해도 엄마의 등과 허리가 꼿꼿하셨는데 어느덧 자꾸 굽어져가고 있다. 얼마 전 목욕탕에서 본 엄 마의 엉덩이 근육도 노인들처럼 탄력이 없어지고 주름져 가고 있었다. 나이 드는 일이란 이렇게 허망하고 덧없는 일일까. 세상의 모든 엄마들은 황무지를 개간하여 '새끼' 라는 싹을 틔우고 혼신의 힘을 다해 생명을 길러내어 꽃 을 피우게 만든다. 그리고 정작 자신은 '새끼'에게 모든 것을 다 내어주고 웃으며 기꺼이 스러져간다. 이 점에서 나의 엄마도 예외는 아니다.

11월 내 생일이 되면, 중학교 때 친구들을 초대해서 엄마가 차려준 백설기와 곰탕이 자주 생각난다. 나도 아들 생일날, 아들 친구 내외를 초대해 한 상 차려주고 싶다. 엄마의 추억을 만들어주고 싶다. 이런! 엄마 생신날, 엄마 친구들을 초대해 한 상 차려드릴 생각은 미처 못 하고. 쯧쯧쯧. 그래서 내리사랑은 언제나 슬프다.

모든 자식들이 자기 자식에게 주는 사랑의 10분의 1만큼만 부모님께 드리면 모두 효자 효녀가 될 텐데. 한겨울 신문지를 깔고 신발을 방에 들여다 데워주시던 엄마의 손길, 추운 겨울 스쿨버스까지 날라다주시던 도시락, 광화문에 있는 고등학교를 가기 위해 신장위동에서 구장위동까지 새벽길 걸어 버스를 타야 했던 딸의 짐을 덜어주려고 논 한가운데까지 책가방을 날라주던 엄마의 수고로움. 대학 때 친구와 여행 가고 싶어 하자 결혼 전에 여행 많이 가게 해주라고 아버지를 설득했던 엄마의 이해심. 대학원 간다고 했을 때 여자가 무슨 대학원을 가느냐고 하지 않고 기쁘게 허락하셨던 엄마. 엄마, 고마워요.

두 딸을 장남한테 보내지 않겠다는 엄마의 의지와는

달리 두 딸이 효자 장남과 결혼해 마음 고생 하는 것을 보고 엄마는 오늘날까지 두 며느리에게 싫은 소리 한마디를 하지 않으셨다. 예정일을 13일이나 넘기고 제왕절개 끝에 태어난 아이가 인큐베이터에 들어가자 온 집안이 긴장과 불안에 휩싸였다. 산모의 미세한 피를 아이가 삼켜 아이의 심장에 박혔다고 했다. 엄마는 외손자의 생명을 구해달라고 절에 가는 친구를 쫓아가 세 곳이나 연등을 켜고 간곡히 부처님께 기원드렸다고 했다. 엄마의 기원 덕분일까, 부처님의 자비심 덕분일까. 다행히도 아이는 심장에 박혀 있던 나의 피를 토해내고 구사일생 생명을 건졌다. 그러자 엄마는 독백처럼 말씀하셨다. "아카시아꽃이 핀 줄도 모르고 정신없이 쫓아다녔구나." 지금도 딸 가진 죄가 이렇게도 큰 거냐고 하소연하던 엄마의 목소리가 쟁쟁하다. 엄마, 죄송해요.

손자의 백일잔치, 손자의 발가락이 당신의 발가락을 닮았다고 좋아하던 엄마. 아들은 나의 발가락을 닮았고 나는 엄마의 발가락을 닮았다. 발가락이 닮은 삼대이다. 시댁에서 분가한 후 내가 일주일에 두세 번 시간강사로

학교에 가야 했기에 아들을 봐줄 사람이 없었다. 엄마는 목동에서 월계동까지 그 먼 길을 달려와 아들을 봐주시곤 저녁도 못 드시고 다시 목동으로 돌아가시곤 하셨다. 그 힘든 길에 마시곤 했던 판피린정과 박카스 때문에 한동안 알레르기가 생겼다고 하셨던 엄마.

2016년 5월 14일, 사월 초파일, 아들의 결혼식 날, "상엽이는 코에 복이 들었어. 잘 살 거야. 더구나 부처님 오신 날이잖아." 하고 좋아하시던 엄마. 걱정 마세요. 상엽이 잘 살 거예요. 엄마 아빠도 초파일에 결혼하셨단다.

지금도 매일 새벽 다섯 시에 일어나 한 시간씩 운동을 하는 엄마. 그런 엄마가 요즈음 너무너무 고맙고 장하게 느껴진다. "의사 선생님이 나더러 건강 관리 잘 한다고 훌륭하다고 했어. 어쩌니? 자식들 힘들게 하지 않으려면. 돈 드는 것도 아니고 운동이라도 열심히 해야지." 하시며 TV 보면서도 체조를 하신다. 일주일에 한 번은 꼭 뵈러 가야지 마음먹지만 거르는 경우도 있다. 혼자 사는 게 무척 외로울 텐데. 외롭다고 크게 내색하지도 않고 씩씩하게 사시려고 노력하는 엄마. 내가 왔다 가면 꼭 주차

장까지 따라 나오셔서 배웅하신다. 내가 한사코 그러지 말라고 해도 배웅하는 게 예의라고 굳이 따라 나오신다. 손 흔드는 엄마의 모습이 왠지 안쓰러워 보기 싫다. 그런 딸의 속마음도 모르고, 엄마는. 그래서 나는 아들 내외가 오면 그냥 현관문 앞에서 배웅해버리고 만다.

올해에도 오월이면 아카시아꽃이 이 산 저 산 흐드러지게 피겠지. 그러면 엄마 모시고 여행을 다녀와야겠다. 엄마는 "나 여행 데리고 가려구?" 하며 반색하시리라. 그리고 당신이 작사 작곡한 〈절름발이 노새〉를 흥얼거릴 것이다. "절름발이 노새야 울지를 마라/해 저문 벌판에서 울기도 했더란다./절룩절룩 절룩절룩/너나 내나 그 옛날 상처 받은 몸/아무리 운다고 아픈 다리 아니 아프랴."

엄마, 사랑해요. 엄마의 고통도 슬픔도 외로움도 헤아리지 못한 저를 용서하세요. 엄마, 매일매일 행복하고 건강하게 사세요. 어떤 때는 전화통을 붙들고 한없이 이야기하려는 엄마, 자주 전화할게요. 자주 엄마 이야기 들으러 갈게요.

정해성

'어머니'를 위한 찬가

삶의 길에서 또다른 가족을 만나다

봄이면 뒤란에 온갖 화초가 피었다.

곰취, 부추, 돌나물 외에 해당화와 작약이 어우러졌다.

어머니의 꽃밭은 소박하면서도 적요했다.

항아리에 햇볕이 반사되어 윤기가 흘렀다.

독에서는 된장이 익어갔다.

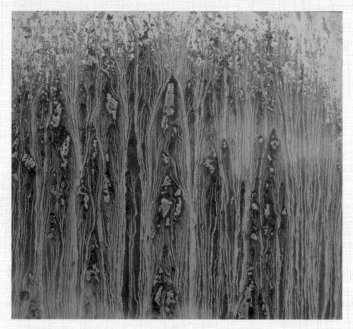

채성필, 〈연우의 숲〉, 53×35cm, 2006. 작가 채성필은 아들 연우가 살아갈 세상에
대한 이상을 화폭에 담았다. 부모는 항상 자식의 행복한 삶을 간절히 소망한다.

정해성

부산에서 태어났다. 부산대학교 국어국문학과를 졸업하고, 같은 대학원에서 문학박
사 학위를 받았다. 『문체 연구 방법의 이론과 실제』『장치와 치장』, 『매혹의 문화, 유
혹의 인간』 등의 저서가 있다. 부산대에서 문체교육론, 현대소설론, 문학개론, 문예
비평론 등의 과목을 강의했고, 현재 문화평론가로 활동 중이다.

'어머니'를 위한 찬가

미투(Me too), 「며느라기」(2017년 팔로워만 45만 명이 넘는 웹툰으로 며느리로서의 삶에 내재된 가부장제 요소들을 형상화하여 큰 반향을 일으킴) 등등 페미니즘이 전사회적 이슈로 주목받는 역동적 전환기이다. '요즘 젊은 애들은 버릇이 없다'라는 어구가 고대 그리스 신전에 새겨져 있다. 여기서도 볼 수 있듯 '요즘 젊은 애'들은 사회적으로 대다수 부정적인 의미로 사용되어왔다. 한때 '요즘 애'에 속했던 젊었던 나는 기성 세대들이 주장하고 강요했던, 여성으로서의 삶을 항상 불만스럽게 인식했었다. 세월이 흘러 나도 어느덧 '요즘 애들'이란 말을 할 만한 나이가 되었고, 심지어 한 아이의 엄마가 되었다. 엄마가 되어 우리 엄마들의 세대, 그리고 우리 딸들의 세대를 생각해보면, 한국 여성들의 삶처럼 '세대차'라는 것을 현실적으로 절감할 수 있는 것이 세상에 또 있을까 하는 생각이 든다. 물론 사회적으로 논의되는 차원이 미시적 삶 속에 얼마나 실현되고 있는가는 다른 문제이기는 하지만, 나는 엄마와 확연히 다른 삶을 살고 있고, 우리의 딸들은 우리와는 확실하게 다른 가치관과 삶을 추구한다.

'욜로(Yolo, You only live once)', '내 삶', '자기 만족' 등등이 인생의 모토가 되어서 자기 주장이 강한 '우리 딸들'은 자신들이 좋아하는 일들을 하는 것이 행복이라고 주장한다. 미래와 노후를 대비해서 저축을 하기보다는 현재의 삶과 욕망에 집중해서 빚을 내서라도 원하는 것들을 사거나 여행을 떠나는 것을 두려워하지 않는 세대이다. 물론 모두가 그렇게 사는 것은 아니지만, 또 그렇게 살 수 있는 '딸들'도 극히 일부일 수도 있겠지만, 현재의 세대가 우리 세대 그리고 어머니의 세대와 다른 생

꽃 진 자리에 어버이 사랑

각과 다른 스타일의 삶을 살아가거나, 최소한 다르게 살아가려 한다는 것은 명백한 현실이 되어가고 있는 추세이다.

남들이 다 하는 것, 남들과 같은 것을 병적으로 싫어한, 개성이 강한 나는 '자아의식'이란 것이 생긴 10대 이후부터 내 삶이란 것을 스스로 선택하려고 하였고, 미래를 스스로 설계하려 했다. 지금까지 내 삶은 '나'로 살기 위해 가족과 사회와 벌인, 그러나 승산 없는 싸움이었다. 그래도 그 싸움을 나는 멈출 수가 없었고, 싸우는 과정에서 수많은 상처를 입었다. 실패로 얼룩진 내 삶을 생각해볼 때, 난 '우리 딸들'이 선택한 삶들이 결코 쉽지 않은 줄 알지만, 아무 대책 없이 응원해주고 싶다. 너희들만이라도 가족과 사회의 편견과 부당대우와 맞서 싸워 이겨내길, 더 이상 여자로 태어난 이유만으로 받는 각종 차별과 배제의 대상이 되지 않는 현실을 만들어내길 간절히 기원한다.

더불어 우리가 태어나는 순간부터 어머니였던 '어머니'들은 10대 때, 20대 때 어떤 삶을 살기를 바라셨을까 간혹 생각할 때가 있다. 나의 어머니도 분명히 우리처럼, 그리고 우리 딸들처럼 '내 삶', '자기 만족'에 대한 갈망이 없으셨을 리가 없다. 그러나 '나'는 나인데, '나의 엄마'는 그냥 '엄마'로 태어난 것 같다는 생각을 하면서 살아온 때가 많은 것 같다. 엄마이기 때문에 가족의 원활한 의식주를 제공하기 위해 새벽부터 밤까지 끊임없이 홀로 집안 살림을 계획하고 꾸려나가는 것을 너무나 당연시했다. '여자의 일생'에 대해 분노하고, 절망하며 주체적 개인으로서의 '여성'의 삶을 누리고 싶었지만, '엄마'는 '여자'가 아닌 '엄마'로 항상 인식되었다. 가부장제에서 곁눈질을 하지 못한 우리 엄마들은 '엄마'라는 고정적 성 역할을 자기의 자아로 스스로를 '호출'했고, 내면화했다. 가족 구성원인 나 역시 그러한 '엄마'의 모습을 당연한 것으로 수용해왔다. 이제 나 자신도 한 아이의 '엄마'가 되고 보니, 어머니의 삶이 얼마나 경이로운 것인가를 새삼 절감한다.

태어나서 지금까지 자식들의 세 끼 식사를 단 한 번도 챙기지 않은 적이 없었던 나의 어머니였다. 내가 아무리 바쁘다, 먹을 시간 없다, 알아서 하겠다고 해도 언제나 챙겨 먹을 수 있게 모든 것을 준비해두셨다. 초등학교에서 대학원까지 학교에서 돌아오면 언제나 집을 지키고 계시면서 자식의 귀가를 반겨주셨다. 지금의 나로서는 어떻게 저런 삶이 가능한가 싶은 어머니의 삶이지만, 어머니께선 단 한 번도 힘들다고 말씀하신 적이 없다. 자식을 비롯한 가족들이 각자의 삶을 살 수 있도록 뒷바라지하시는 것을 당신 삶의 전부로 여겨오신 삶이셨다. 그것을 희생이라고 생각하지 않고 기쁨과 보람으로 여겨오신 삶이 바로 나와 우리들 어머니의 '자기'였고, 어머니의 '자기로 사는 삶'이었다.

그때는 정말 당연한 삶으로 생각했는데, 나로서는 한 해도 그렇게 살 수 없다는 것을 인정한다. 진심으로 감사드려도 부족하다는 것을 잘 알면서도, 감사의 말은커녕 오히려 어머니의 삶과 사랑을 부정하는 말들도 서슴지 않고 내뱉은 때도 있다. '상대가 원하지 않는데 챙기는 것은 간섭이다', '내 할 일은 내가 알아서 한다', '제발 자식들에게 집중하지 말고, 엄마도 엄마의 삶을 살아라' 등

등……. 그리고 언제나 '난 결코 엄마처럼은 안 살 거야'라는 생각을 참 많이 한 것 같다. 저 모든 말들이 아무리 서로에 대한 사랑과 신뢰를 바탕으로 한 말이고, 어머니 당신 미래의 삶과 관계를 위한 것이라고 변명을 해보아도 평생 가족들을 바라보고 산 어머니에겐 섭섭함을 넘어서 깊은 상처가 되었을 듯하다. 어머니의 모든 것을 보다 더 이해하고, 수용하고, 감싸고 살아가고 싶은 것이 진심이지만, 아직도 펄펄 살아 있는 '나'라는 것 때문에 머리와 삶이 따로 작동하는 경우가 대다수이다.

'사랑받기 위해 태어난' 사람은 '딸들'에게만 제한된 것이 아니듯, 어머니 당신 역시 우리 모두의 사랑을 받기 위해 태어나신 분이다. 여든이란 삶 전체를 자식이라는 또 다른 당신을 위해 최선을 다해 살아오신 어머니의 삶을 사랑하고 존경한다. 그리고 좀 더 좋은 세상에서 태어나지 못하셔서 희생의 삶을 사셔야만 했고, 그에 대한 존중도 보답도 제대로 받으시지 못한 부분이 진심으로 맘 아프다. 내가 나의 딸들 세대가 나와는 다른 삶을 살기를 바라듯, 난 나의 어머니와 다른 삶을 살아가면서 행복하

게 잘 살아가는 모습을 보여드리는 것이 그 삶에 대한 보
답이 아닐까 생각해본다. 그리고 우리의 잣대를 들이대
면서 '엄마의 삶' 운운하는 것이 아니라, 보다 많은 시간
과 삶을 공유하면서 각자 '자기'로 사는 삶들이 조화롭게
공존하는 가정을 만들기 위해 최선을 다해야 하지 않을
까 생각해본다. 그래서 나의 어머니께서 언제나 변함없
이 건강하고 평안하시길, 자식들이 밥 먹는 모습을 바라
보며 흐뭇해하시는 웃음을 언제까지나 뵐 수 있기를 진
심으로 기원한다.

삶의 길에서 또다른 가족을 만나다

　나는 시부모님의 모습을 직접 뵌 적이 없다. 나의 시어머님은 내 남편이 25세 때 지금 나보다 더 젊은 나이에 돌아가셨다. 그리고 시아버님께서는 5년 후 돌아가셨다. 그로부터 10년쯤 후에 남편과 나는 결혼하여 가정을 이루었기에, 난 두 분을 직접 뵌 적이 없다. 또한 과거의 삶, 부모님에 대해 남편으로부터 들은 것이 거의 없다. 그래서 난 두 분을 알지 못한다. 그러나 두 분은 어쩌면 나를 더 잘 알고 계실 것 같다는 생각을 한다. 얼굴을 맞대고 서로 대화를 나눈 적은 없지만, 내가 누구인지 무엇을 하고 살아가는지 항상 지켜보고 계실 것 같다. 그래서 주로 염려하시고, 때론 응원도 하고 계실 것 같다.

결혼 전 성묘 때 처음 인사드린 지 벌써 약 20년이란 세월이 흘렀고, 지금도 멀리 있다는 핑계로 1년에 두 번 있는 명절 때만 묘에서 잠시 찾아뵙고, 두 분을 생각하는 시간을 가질 뿐이다. 이렇게 온전히 두 분을 생각하며 글을 적는 것이 처음이라 낯설고 어색하지만, 이런 기회가 무척 감사하고 소중하게 여겨진다.

세상에는 경험하지 않고서는 결코 알 수 없는 일들이 있고, 그중 하나가 바로 부모의 심정이라고 생각한다. 세상에 무서울 것이 없다가, 부모가 되고 나면 지구 온난화도 바로 내 자식이 살아갈 세상의 문제이기에 고민거리가 된다. 나 같은 딸 키우는 것도 대재앙 중 하나이지만, 남편 같은 아들을 키우는 것도 정말 노심초사 그 자체였을 것 같다.

아버님은 실향민으로 한국전쟁을 몸소 겪으셨다. 이후 군부 독재까지 험난한 시대를 오남매를 키우며 살아오시기까지 두 분 얼마나 힘드셨을까? 사회 정의를 실현하기 위해 젊음과 삶을 내던지며 하루하루 위태로운 삶을 살아가는 내 남편을 바라보며 때론 자랑스러우시기도 하셨겠지만, 부모로서 얼마나 걱정하셨을까 생각하면 맘이 아파온다.

이젠 두 분께서 살아오셨던 때와 이른바 시절도 많이 달라져서 이른바 '참 좋은 시절'에 우리는 살고 있다. 물질도, 자유도 두 분의 살아 생전에 비해 더 풍요로워졌다. 민주화 투쟁, 공부 등을 핑계로 결혼도 안 하고 끝까지 남다른 삶을 살던 내 남편도 이젠 남들처럼 가장이 되었다. 일반적으로 자식이 분가해서 가정을 꾸려야 부모가 인생 과제를 끝냈다고 생각한다. 이젠 두 분의 손자들까지 거의 다 분가하여 한 가족을 이루고 서로 모여 화목하게 지내는 모습들을 보셨다면 두 분이 얼마나 기뻐하셨을까 하는 생각에 맘이 아쉽고 아련하다.

그런데 두 분이 지금 현재 나의 삶, 우리 가족을 볼 때 어떻게 여기실까 생각해볼 때가 종종 있다. 우리 세대는 두 분의 세대와는 달리 '참 좋은 세상'에서 살고 있고, 그

중에서도 난 두 분의 가르침으로 가부장제라고는 찾아볼 수 없는 시대의 문화 속에서 정말 남다른 스타일로 살아가기 때문이다. 이른바 주부라고는 할 수 있는 부분이 내 삶 속에선 존재하지 않는다. 상식적으로 말하는 남편의 '뒷바라지'나 '내조'와는 거리가 먼, 오히려 '외조'를 받아가면서 살아가는 내 삶을 두 분께서는 어떻게 생각하실지를 상상해보면 때로는 죄송하다.

나의 시댁 가족 모두는 나의 현실을 잘 알면서도, '둘이만 잘 살면 된다'는 말씀을 하신다. 이 가르침은 두 분의 삶에서 비롯된 것임을 잘 안다. 배우자로 누구를 데리고 오든 '둘이 좋으면 된다'는 입장을 지니셨다고 들었다. 둘이 좋아서 가정을 꾸리고, 둘의 방식으로 살아가는 삶을 그대로 긍정하셨다고 한다. 아무리 그런 두 분이셨다고 해도 내 사는 모습엔 한 말씀 하시지 않으셨을까.

나이가 들어가면서 '가족이 무엇일까'를 종종 생각해본다. 가장 가깝지만, 그래서 서로에게 깊은 상처를 주기도 하는 것이 가족이다. 가족 각자를 나와 다른 개체로 인식

꽃 진 자리에 어버이 사랑

하기보다는 '또 다른 나'로 여겨 '나'의 방식을 가족들에게 강요하고 있지는 않은지……. '가족'이라고 꼭 획일적으로 동일한 가치관과 비전을 가지고 같은 스타일로 살아야 할 이유는 없는데, 그렇게 살아가기를 강요하고는 있지는 않은가 반성하곤 한다. 나보다 나이가 어린 자식이라고 독립된 개체로 인정하지 않고, 나도 결코 지키지 못할 성실함을 요구할 때가 있다. 또한 우리가 원하는 대로 살지 않는다고 여러 방식의 억압을 가하고 있는 것은 아닌가 하는 생각들을 종종 한다. 어쩌면 내 삶의 방식에 대한 변명일 수도 있겠지만, 각자가 선택한 삶을 지켜보고 인정하고 응원하고 때론 도와가면서 공존하는 것이 가족이 아닐까 생각한다.

자식을 기른다는 것은 부모로서 자식에게 갖는 기대와 욕망을 하나씩 내려놓는 것이라고들 한다. 자식들에 대한 욕망과 기대를 버리고 자식들의 모습을 있는 그대로 긍정할 때, 그 자식들이 오히려 신체적으로 정신적으로 건강하고 행복한 삶을 누릴 수 있는 것으로 여겨질 때가 많다. 이는 자식뿐만 아니라, 남편에게도 아내에게도 적용되는 것이 아닐까 한다.

나의 시부모님 두 분께서는 지금 나보다 이런 부분들 훨씬 더 잘 알고 계실 듯하다. 각자 살아가는 다양한 모습들을 항상 지켜보고 계실 테니까. 그리고 사적이고 구체적 경험들을 이야기하지 않는 남편에게 들은 바는 없지만, 두 분의 삶이 그러하셨을 것 같기도 하다. 나도 두분처럼 가족 구성원 한 사람 한 사람을 대할 때 포기가 아니라 인정과 관용으로 서로 조화롭게 살아갈 수 있도록 힘써 노력해야겠다는 생각을 한다.

우리 모두는 '행복'이란 것을 추구한다. 그 행복의 기준과 방식은 각 구성원만큼이나 다르고 다양할 듯하다. 각자의 다름을 존중하면서 행복한 개인들이 만나서 행복한 가족을 비롯한 공동체를 이루면서 살아갈 수 있도록 노력하겠다는 약속을 두 분께 드려본다. 난 잘 하는 것 하나 없지만, 남편과 자식의 삶을 응원하며 인내하고 격려하는 것만큼은 실천하면서 살아가겠다는 약속도 해본다. 항상 지켜봐주시고 우리 가족을 위해 기도하시며 응원해주시는 손길과 맘을 기억하면서 열심히 살아가겠다고, 매순간 어떤 난관에 부딪치더라도 결코 사랑하기를 포기하지 않고 최선을 다하는 삶을 살아보겠다는 약속도 드려본다. 언젠가는 나도 두 분 계신 곳에 가서 만날 때 부끄럽지만은 않도록, 죄송하지만은 않도록 하루하루 노력하겠다는 생각도 해본다.

남편은 지금도 때때로 '엄마'라고 부를 때가 있다. 꿈에라도 두 분, 특히 어머님께서 자주 나타나주셨으면 좋겠다.

조규남

아버지께 드리는 편지

미안하다는 말도 할 수 없어요

저는 아버지의 하얀 등을 놓치지 않기 위해 종종걸음을 쳤습니다.

평소에 너무 엄격하신 분이라

감히 천천히 가시라는 말은 할 수도 없었지요.

어린 제가 놓치지 않으려고 올려다보는 아버지의 등은

눈이 부신 성벽이었습니다.

조규남

전남 보성에서 태어나 성장했다. 방송대 국어국문과를 졸업하고 1998년 수필로 등단, 10년 후 소설로 등단하고 활동, 2012년『농민신문』신춘문예에 시가 당선되어 시를 쓴다. 소설집으로『펑거로즈』가 있다.

아버지께 드리는 편지

아버지!

소리 내어 불러만 봐도 가슴 벅찬 아버지! 제 어렸을 때 소원이 무엇이었는지, 살아오면서 가장 부러워한 친구가 누구인지 이제 말할 수 있습니다. 아버지와 어머니가 함께 논밭에 나가 일을 하고, 나란히 시장 다녀오고, 소박한 밥상에 마주 앉아 서로의 밥숟갈에 반찬을 얹어주는 정경을 보는 게 소원이었다고 말입니다. 철없던 시절 부모님이 모두 생존해 계시는 같은 반 친구가 너무 부러워 그 아이의 손등을 피가 나도록 꼬집어놓은 적도 있었습니다. 아무리 죄 없는 친구에게 화풀이를 하고 부러워해도 항상 제게는 아버지의 자리가 비어 있었고 어머니 혼자서 동동거리며 살아가는 모습만 보아야 했습니다. 그런데 이제야 제 소원을 이룬 것 같습니다. 참으로 긴 세월을 보내고 나서야 아버지와 어머니를 함께 모시게 되었습니다. 그동안 고향에 들르기 싫어했는데 이제 자주 고향을 찾아가 아버지와 어머니를 마주할 수 있을 것 같습니다.

추석 무렵이었습니다. 조그마한 아이가 중년이 되어서야 아버지의 산소에 찾아갔지요. 땡볕이 내리쬐는 산자락을 숨 가쁘게 올라갔는데 아버지의 유택을 찾을 수가 없었습니다. 봉분은 잦아들고 무성히 자란 잡풀들만 너풀거리고 있었습니다. 웃자란 놈 억센 놈 여린 놈 고개를 숙인 놈들이 짱짱한 햇살만 끌어들이고 있었습니다. 불초 여식은 풀잎 위에 털썩 주저앉았습니다. 그리고 유유히 흐르는 '살터구' 시냇물을 바라보았습니다.

회다지소리도 기억해내기 힘든 까마득한 세월이었습니다. 아버지라는 말도 어색해 입안에 갇혀버렸습니다. 아버지를 떠올리려고 더듬거려도 추억은커녕 기억 한 자

꽃 진 자리에 어버이 사랑

락 불러오는데도 가물거렸습니다. 6학년 때였으면 그리 어린 나이도 아닌데 말입니다. 그만큼 아버지를 잃은 상실감은 컸고 상처 또한 깊었습니다.

흐르는 물결을 바라보며 아버지를 크게 불러보았습니다. 대답처럼 옥양목 두루마기를 입으신 아버지의 하얀 등이 떠올랐습니다.

벚꽃이 흐드러지게 핀 봄날이었지요. 저는 '율어'에서 '겸백'으로 전학을 해야 했습니다. 그때 아버지는 저를 데리고 전학할 학교로 향하였지요.

저는 아버지 뒤를 촐랑촐랑 따라갔습니다. 따뜻하고 자상한 아버지 같았으면 아홉 살배기 딸의 손을 잡고 갔을 법도 한데 아버지는 앞장서 가시기 바쁘셨지요. 저는 아버지의 하얀 등을 놓치지 않기 위해 종종걸음을 쳤습니다. 평소에 너무 엄격하신 분이라 감히 천천히 가시라는 말은 할 수도 없었지요. 어린 제가 놓치지 않으려고 올려다보는 아버지의 등은 눈이 부신 성벽이었습니다. 아무리 버둥거려도 붙잡고 매달릴 수 없는 높은 담장이

었습니다. 시도 때도 없이 기대고 싶은 언덕은 아버지뿐
인데 한 번만 꼭 안아주면 낯선 곳으로 향하고 있는 발걸
음에 긴장이 풀릴 것 같은데 아버지는 가교사 좁은 교실
안으로 나를 밀어넣고 곧장 교무실로 가버리셨습니다.
저는 처음 본 아이들의 시선이 따가워 한참 동안 울먹이
며 서 있었습니다.

제가 건강하신 아버지를 기억하는 건 그것뿐입니다.
그 후 아버지는 신장병을 얻으셨고 부석부석 부은 얼굴
로 방에 앉아 지내셔야 했지요. 하시는 일이라고는 툇마
루에 긴 장대를 걸쳐놓고 마당 멍석에 널어놓은 곡식을
헤집는 닭이나 새들을 쫓는 일이 전부였지요.

집성촌을 진두지휘하시던 종손의 기개(氣槪)도 큰 방
앗간을 운영하던 뚝심도 꺾여버리셨지요. 그때부터였습
니다. 어머니는 종가를 관리하고 자식들을 책임지셨습니
다. 그림자라도 아버지가 살아 계셔야 한다고 백방으로
약을 구하러 다니셨지만 살림만 탕진될 뿐 아버지의 병
세는 날로 악화되어 최후를 맞고 말았습니다.

저는 울면서 아버지의 산소를 내려왔습니다. 슬픔도 아니었습니다. 갖은 고생을 하며 살아남은 울분도 아니었습니다. 그렇다고 한도 아니었습니다.

우리 형제들은 어머니의 그늘 아래서 나름대로 잘 성장했습니다. 만만찮은 경쟁사회에서 투쟁처럼 공부하고 투쟁처럼 일을 했습니다. 사는 게 급급하다 보니 아버지의 자존심, 체면 같은 것은 생각할 여력이 없었습니다. 그것이었습니다. 현해탄을 건너가 펼치려던 아버지의 포부가 종손이란 이름으로 좌절되고 병들어버렸습니다. 뿌리 깊은 유교적 사상이 건장한 젊음을 주저앉혔지만 아버지는 자존심만은 꼿꼿이 지키셨습니다. 종손으로서의 위엄과 체통도 도외시하지 않으셨습니다. 그런 아버지의 유택을 남의 손에 맡겨 초라하게 관리했습니다. 그날 저는 무책임한 자식으로서의 모습이 한없이 부끄럽고 죄스러웠습니다.

제가 아버지 유택을 다녀온 다음 해에 사토를 하고 그 곁에 어머니를 모시기 위한 가묘를 지었습니다. 그렇게 솟은 가묘가 지난겨울에 주인을 맞아들였습니다. 어머니는 아흔둘이라는 많은 연세가 되셨고 봄날보다 포근한 겨울날 저희와 유명을 달리하셨습니다. 반세기를 훌쩍 뛰어넘은 후에야 어머니는 다시 아버지의 아내로 돌아가셨습니다.

우리는 어머니가 여자인 것도 잊었습니다. 태어날 때부터 우리들의 그늘이었고 양지였고 의지였고 보호자로 착각하고 살았습니다. 그런데 아버지 곁에 나란히 누웠다고 생각하니 어머니도 한 남자의 아내였고 아름답고 연약한 여자였다는 것을 깨달을 수 있었습니다.

아버지, 이제 어머니와의 긴 이별은 끝이 나셨습니다. 멀리서 서로 그리워하던 세월을 잘도 견디셨습니다. 저는 어머니를 잃었다는 비통함보다 아버지와 어머니의 해후를 더 기뻐하겠습니다. 그동안 외롭게 절개를 지키며 사셨던 어머니가 아버지의 곁에 단정히 누우신 것을 보고서야 안도의 한숨이 나왔기 때문입니다. 아, 어머니에게도 남편이 있었구나. 아버지가 어머니를 기다리고 계셨구나. 그토록 갈망했던 아버지와 어머니가 함께 계시는 정경을 그리워하지 않아도 되겠구나 하고 엎드려 흐느꼈습니다.

　아버지, 이제 못다 한 어머니와의 사랑을 하늘나라에서 아름답게 이루시리라 믿습니다. 불초 여식은 눈물을 거두고 자나깨나 두 분의 명복을 빌어드리겠습니다.

미안하다는 말도 할 수 없어요

꽃은 지기 위해 피고 사람은 죽기 위해 산다.

누군가에게서 들었던 말이 떠오르면 앰뷸런스 사이렌 소리가 귓속에서 웽웽거린다. 1년이 지나도 죄의식처럼 달라붙는 소리는 나를 꼼짝달싹 못하게 마취시킨다.

점심을 드시고 외출복으로 갈아입혀 드릴 때까지도 평온해 보이던 엄마가 앰뷸런스에 오르자 겁에 질린 눈동자로 나를 뚫어져라 바라보았다. 사위가 손을 꼭 잡고 말을 걸어도 자세를 고쳐 눕혀드려도 눈빛은 나만 졸졸 따라 다녔다.

엄마를 모시고 산 지 꼭 1년 5개월 만이었다. 젊은 시절부터 대종가를 책임지며 살아온 엄마는 당신의 집이 아닌 다른 곳에서 거주하는 일은 상상도 못 했다. 딸들 집에 잠시 들르는 것은 몰라도 이유 없이 주무신다거나 머물러 있는 일은 거의 없었다.

아흔이 가깝도록 건강하시던 엄마는 점차 기력이 쇠진해지더니 아예 자리보전을 하고 누워버렸다. 나는 소설집을 준비하느라 분주하던 때였다. 몸져누운 어머니의 시중을 드는 건 평생 함께 살아온 큰오빠였다. 직장을 다니는 큰올케와 여동생들이 휴일마다 거들었지만 매일매일 엄마와 함께 지내는 큰오빠의 고생은 이루 말할 수 없었다. 결혼해서 줄곧 어머니를 모시고 사셨으니 큰오빠 내외도 한번쯤은 홀가분하게 사셔야 한다는 생각이 들었다. 소설집을 마무리하기 무섭게 내가 엄마를 모시겠다는 결심을 세웠다. 나는 남편의 의중을 떠보았다. 한참을 뜸을 들이던 남편이 조심스럽게 입을 열었다. "당신이 감당할 수 있으면 그렇게 해." 나는 남편의 마음이 흔들리기 전에 엄마를 우리 집으로 모셔올 수순을 밟았다.

엄마는 자다가도 집에 가야 한다며 나를 불렀다. 잠을

털어내지 못한 나는 이제 여기서 사셔야지 어디를 가시냐고 볼멘소리로 맞받았다. 그렇게 옥신각신하는 사이에 엄마는 우리 집에 조금씩 적응해가셨다. 나 역시 엄마와 함께 살기 위해 될 수 있으면 외출을 삼가고 피치 못할 할 사정이 있으면 서둘러 다녀오곤 했다.

엄마는 나와 함께 노래하는 것을 가장 좋아했다. 〈노들강변〉, 〈목포의 눈물〉, 〈오동동타령〉, 〈처녀 뱃사공〉, 〈봄날은 간다〉 등등 내가 목이 아파 못 부르겠다고 할 때까지 끊임없이 불렀다. 식사를 할 때면 엄마를 거실 소파에 앉혀드리고 작은 상이 넘어지지 않게 밥상을 차려드렸다. 그리고 남편과 나는 거실 바닥에서 식사를 하며 세상 돌아가는 이야기를 들려드렸다.

나는 세 식구가 머리를 맞대고 오순도순 식사를 하는 풍경을 만들어가며 엄마와 함께 평생을 살아도 후회 없겠다 싶었다. 꼭 소설을 쓰고 강의를 다녀야 멋진 인생이 아니라는 생각이 들었다. 엄마의 따뜻한 손을 잡아주고 얼굴을 닦아주고 입을 모아 함께 노래하는 게 행복이지 위로했다.

하지만 집에서 환자를 모시고 산다는 것은 쉽지만은 않았다. 식사를 챙기고 양치를 해드리고 마지막에 기저귀까지 갈고 나면 나는 지칠 대로 지쳐버렸다. 허리가 끊어지게 아파 침대 난간을 붙잡고 한참씩 엎드려 있어야 했다.

날이 갈수록 엄마는 쇠약해져갔다. 거실로 모시고 나오다가 나와 붙들고 넘어져버리기도 여러 번이었다. 행복하면서도 위험한 일상의 반복이었다. 직장 생활을 하는 두 여동생들이 주말마다 엄마 목욕을 시키는 일을 도맡아 해주었지만 엄마를 요양원으로 모시겠다는 불손한 생각이 불쑥불쑥 솟구쳤다.

하루에도 수없이 나를 타일렀다. 고달픔과 불안이 가득해도 자식들과 함께 사는 것이 엄마에게는 위안이라고, 그런 마음과는 달리 고달픈 현실은 나의 너그러움을 번번이 가로막았다.

결국 동생들과 의논 끝에 엄마를 요양원으로 모셨다. 결심하기도 힘들었지만 젊어서 홀로 된 엄마를 보내는 심정은 참담했다. 앰뷸런스 사이렌 소리가 부추기듯 진정할 수 없는 가슴이 두근거렸다. 엄마에게 눈물을 보이지 않

꽃 진 자리에 어버이 사랑

으려고 입술을 깨물어도 눈물이 볼을 타고 줄줄 흘러내렸다. 도저히 면목이 없어 엄마를 똑바로 바라볼 수 없었다. 고개를 돌릴수록 엄마의 눈길은 끈질기게 나를 따라다녔다. 운신도 못 하는 엄마를 생판 낯선 곳으로 보내는 이별은 죽음이 갈라놓은 이별보다도 훨씬 잔인하고 처절했다.

엄마는 요양원으로 가신 지 1년 만에 영원히 돌아올 수 없는 먼 길을 떠나셨다. 전문가들이 차려낸 식단은 체계적이고, 시설이 편리했지만 엄마에게는 감옥과 같은 곳이었다. 우리 집에 계실 때 나와 붙들고 넘어져 다친 허리에 금이 가서 바깥 구경 한번 못 하시고 이승을 떠나고 말았다.

꽃들이 다투어 피는 계절이다. 귓속에서 앰뷸런스 사이렌 소리가 아무리 왕왕거리고 불안에 떨던 엄마의 시선을 지울 수 없어도 나는 아직 살아야 할 날이 남은 것 같으니 열심히 살아갈 것이다. 삶의 끝이 죽음이라니 죽을 것이다. 언제가 될지 모르지만 죽어 엄마를 다시 만날 날이 오면 나는 말해야겠다. 엄마, 미안하다는 말도 할 수 없는 딸을 용서해, 라고.

조연향

지게에 꽂아 오시던 참꽃 몇 가지

저녁 햇살에 걸린 나팔꽃 줄기

부모님은 나에게 영원한 신이신가,

눈이 오거나 바람이 불거나, 노을이 지거나

그분들 앞에서의 내 기도는

끝이 없다.

조연향

경북 영천에서 태어났다. 경희대학교 대학원 국문과를 졸업하고 경희대, 육군사관학교에 출강하고 있다. 시집으로 『제1초소, 새들 날아가다』 『오목눈숲새 이야기』 등이 있다.

지게에 꽂아 오시던 참꽃 몇 가지

헬멧을 내린 헤드라이트 불빛

불쑥 뛰어들어 내 통점을 비추고 달아난다

태어날 적부터 균형을 잃은 새까만 바퀴, 평생 달린다

금호강 물살이 철썩이는 면사무소 신작로에서

오늘 저녁

동대문 사거리까지 묶여서 옮겨진 짐들의 뒤척임과 아

우성 그 무엇일까

하얀 밥알과 뜨거운 살갗 그리고

우리가 꾸는 꿈들은 희거나 투명한 것

차라리 저토록 맹렬하거나 검어서 알아볼 수 없는

어느 낯선 사내의 얼굴이거나

얼룩진 밤의 검은 외투를 여미고 날아가는 철새 떼들의

속울음이거나 그런 것이라고

나뭇지게 위에 꽂아 오시던 신의 혈흔 같은 참꽃 몇 가쟁이

건널목에 내려놓고

한 생애 멀리 속도 없는 속력으로 달려가신다

— 졸시「바퀴」전문

어느 겨울 저녁 해그름이 드리워진 동대문 사거리를
지나치다가 나는 발걸음을 멈추었다. 검은 오토바이 행
렬이 굉음을 내며 8차선 도로에서 자동차 물결을 피해
서 서로를 비켜가거나, 혹은 길을 비집고 가려고 애를 쓰
고 있는 풍경 때문이었다. 거창하게 풍경이라고 할 것도
없이, 삶이 가져다주는 무거움과 맹렬함, 그리고 저 검은

어깨에 매달린 식솔들이 떠올랐고 그것 때문에 나는 눈물겨웠다. 한때 우리 아버지도 저러하셨을 테니까.

아버지는 집성촌에서 제일 먼저 고향을 떠났다. 그 시절, 영천 작은 골짜기에서 대구까지의 원정은 무척 큰 감행이었다. 집안 친척들은 조상이 물려준 전답을 팔아서 고향을 떠난다고 손가락질을 해대었다. 우리 식솔들을 먹여살리기 위해 대구라는 낯선 땅에서 아버지의 악전고투 생활이 시작됐다. 비석 공장을 차려서 안정이 되기까지 여러 가지 일을 많이 하셨던 것 같다. 국수 공장도 하셨고, 만화 가게도 하셨다. 만화 가게를 할 적에, 나는 햇살이 드는 가게에서 새로 나온 겉장이 빳빳한 만화를 실컷 보게 되어 좋았다.

아버지는 새벽마다 자전거를 타고 새로 나온 몇 권 만화를 받아오셔서 진열대에 꽂곤 하셨다. 나는 그때 초등학교 3학년이었고, 결혼한 큰오빠 네 식구와 우리 여섯 식구, 그렇게 열 식구가 한 집에서 복닥거리며 살았다. 내가 기억하는 것은 아버지의 한숨 소리와 어머니의 상심 어린 얼굴이다.

그러나 아버지는 우리 칠남매를 나름 훌륭하게 키우려고 엄청 애쓰셨다. 밥상머리에서는 언제나 훌륭한 말씀을 하셨다. 그 대부분은 늘 아래를 내려다보면서 나보다 못한 사람을 도우며 살라는 말씀이었다. 어머니는 경주 최씨 문중의 종녀라서 그런지 살림살이를 몰랐다. 낯선 도시 생활에 적응을 못 해서 하나부터 열까지 아버지가 다 도맡아서 해결하셨다.

계절이 바뀔 때 문을 새로 바르거나 도배를 하거나 시장을 봐 오시거나 아이들 머리를 깎는 일까지. 어머니는 연탄불을 갈 때 언제 불구멍을 막아야 하는지도 잘 모르셨기에 그마저도 아버지의 일이었다. 돌이켜보면 어머니는 우선 자신의 삶을 사랑하고 삶을 즐기시던 분이셨다.

집안 행사에 나갈 때면 어머니는 명주 다듬이로 자줏빛 물로 염색한 치마저고리를 입고 행차하셨다. 그리고 집안의 대소사를 위한 언문과 가사를 짓고 다른 몇몇의 안방 마님들과 같이 가사를 읽고 베끼곤 하셨다. 그러한 과정

이 담긴 서책
이 두세 권 남
아 있다. 한
집에서 사는
부부였지만
어머니의 삶
과 아버지의
삶은 무척 비
교되는 것이었

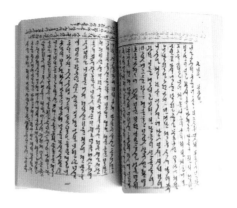

어머니의 가사집

다. 아버지에겐 다른 무엇보다도 오로지 이 식구들과 함
께 살아남는 것이 해결해야 할 가장 중요한 문제였다.

　나중에 생활이 안정된 후, 아버지는 가문을 위해 앞장
서서 스스로 헌신하셨고 조상들의 산소마다 비석을 세웠
다. 막내인 나까지 결혼시킨 후에는 고향으로 돌아가서
두 분이 오손도손 살겠노라고 노래를 하셨는데, 졸지에
급서를 하셨다. 내가 고등학교 3학년이었으니까, 그 이
듬해는 어머니 회갑이었다.

평소에 아버지는 어머니 회갑 때 직접 꽃가마를 만들어 태워주신다고 장담하셨었다. 유독 손재주가 뛰어나신 데다가 어머니를 그리 아끼셨으니, 꽃가마를 만들어주겠단 말씀이 빈말은 아니었을 테지만, 결국 그 약속은 지키지 못한 셈이 되었다.

영천에서 사는 동안에는 집안일은 머슴에게 맡겨놓고 아버지는 오히려 바깥의 일을 더 보셨다고 들었다. 그래도 제사 때 장 보는 일은 아버지가 직접 하셨는데 어느날 십 리 떨어진 읍내 장에 가셔서 제사 지낼 때까지 오시지 않고 새벽이 되어서야 돌아오셨던 적이 있었다. 나는 나중에야 아버지가 그때 하셨던 말씀이 자꾸 떠올라 애가 닳았다. "아이구, 고 여우라는 게 있어서 장을 보고 걸어오는데 자꾸 나를 호리는 거야. 아무리 정신을 차리려 애써도 고놈의 여우가 사라지지 않아서 날이 새도록 산길을 걸었지 뭐야." 대체 어떤 운명이 아버지를 평생 힘겹게 만드셨을까, 싶은 생각이 들어서였다. 대체 어떤 '한밤중 여우' 같은 삶이 아버지를 그토록 호렸는가 싶었다.

꽃 진 자리에 어버이 사랑

물론 나는 그 답을 모른다.

다만 아버지와의 시간 중에서 어떤 것들은 지금도 아주 또렷이 떠오른다. 학교에 가는 나를 다시 부른 아버지가 대청마루 끝에 앉아 가지런히 머리를 빗겨주시던 기억, 내가 중학교 2학년 때 나간 백일장에서 만년필을 부상으로 받아오자, 그걸 반닫이 안에 숨겨놓으시며 나중에 신랑에게 선물로 주라고 하셨던 기억(나는 기어코 그 만년필 촉을 부숴뜨리고 말았다), 그리고 산 지게에 참꽃을 꺾어다 나에게 쥐여주시던 기억……. 이런 기억들을 떠올리면, 그래도 아버지의 삶이 행복한 쪽에 가까웠으리라고 믿게 된다. 그랬기에 아버지가 나에게도 어떤 행복한 순간을 남겨주었을 수 있었으리라고 말이다.

이번 어버이날에는 아버지 산소에 꽃 한 송이 올려드리고 싶다.

저녁 햇살에 걸린 나팔꽃 줄기

'어머니' 하면 떠오르는 건, 그분의 죽음과 관련된 것이다. 유독 삶에 대한 사랑과 자식을 향한 걱정이 많으셨던 어머니가 어떻게 눈을 감으셨을까, 싶은 것이다. 어머니의 죽음 이후 내게는 어머니를 향한 해결되지 않은 죄책감이 오래 남아 있었다. 고요한 시체를 뉘인 관이 집에서 빠져나갈 때야 "엄마 어디 가는 거야"라고 관을 붙들고 통곡했다. 사람은 언젠가 죽는다는 그 자명한 사실을, 내 앞의 죽음을 통해서 비로소 알게 되었다. 아니다. 내 어머니의 죽음을 통해 나는 비로소 모든 사람의 죽음을 믿게 되었다.

엄마가 돌아가신 후 나는 많이 아팠다. 늘 불안했으며 마음을 어디에도 붙이지 못했다. 몸과 마음이 너무 아프로 피폐해졌던 그 당시가 내가 부처님 법을 조금 가까이 하게 된 계기가 되었다.

어머니는 꿈속에서도 자주 나타나셨고, 그분을 보고 나면 내게는 꼭 안 좋은 일이 생기곤 했다. 그것은 아마 이루지 못하는 것에 대한 딸의 열패감을 미리 쓰다듬어 주시는 것이었으리라. 지방에 살면서 지방신문 신춘문예 당선이 되었고, 그 후 서울에 와서 몇 번 중앙지 신춘문예에 투고를 했었다. 그때마다 내 꿈속의 어머니는 옥양목 하얀 버선발로 신춘문예 시상식에 오셨다. 내가 왜 신발도 안 신고 왔느냐고 핀잔을 주었지만, 어머니는 아무 대답이 없으셨다. 몇 년 후 나는 결국 중앙지 신춘문예의 꿈을 접었다.

어느 봄날이었다. 가신 지 몇 해가 지났으나 어머니를 잊지 못하고 힘겨움에 몸을 떨고 있던 때였다. 절 입구에서 오늘은 지장재일이니까 영가를 천도하는 재를 올린다고 기도비를 내라고 했다. 지갑에서 돈을 꺼내는 순간 지난밤 꿈이 생각났다. 어머니가 아무 말 없이 자신의 가방에서 빳빳한 새 지폐 2만 원을 꺼내 나에게 쥐여주는 꿈이었다. 섬찟했다. 어쩌면 나에게서 떠나지 못하는 자신을 보내달라는 혹은 이제 잊어달라는 주문처럼 느껴졌기 때문이었다.

어머니께서 칠남매 막내인 나에 대한 걱정이 저세상에 가셔도 여전하실 거라고 막연하게 생각하곤 했다. 그러나 어쩌면 그 반대였을 수도 있었겠단 생각이 들었다. 이미 주검은 지풍화수로 흩어졌을 테고, 영혼을 담아야 할 몸은 진작 없어졌는데, 세상사에 연연해야 할 무슨 이유가 있을까. 어머니가 떠나지 못했다면, 그건 다름 아닌 내가 어머니로부터 분리되지 못한 채, 그분을 보내드리지 못하고 오랫동안 망상에 사로잡혀 있었기 때문이었으리라.

그날부터 나는 나름 독한 마음으로 어머니가 나로부터 떠나서 훨훨 좋은 곳으로 가시기를 기원하는 기도를 올렸다. 잠시 눈을 감았다가 떴을까, 하얀 모시옷을 입으신 어머니는 꽃잎처럼 내가 알 수 없는 곳으로 날아오르는 것 같았다.

그 순간, 내 안에 깊숙이 숨어 있었던 울음이 북받쳐 올랐다. 이제는 정말 어디론가 떠나시고 마는 걸까, 얘야, 나 이제 간다……. 손을 흔들며 뒤를 자꾸 돌아보듯 사라지는데 이제는 꿈속에서도 볼 수 없다는 두려움의 눈물이 흘러내렸다.

결혼한 후, 나는 친정인 대구와 그리 멀지 않은 마산에 살고 있으면서도 어머니를 가끔이라도 찾아뵙지도 않았을뿐더러, 전화조차 자주 드릴 생각을 하지 못했다. 아버지가 돌아가시고 나까지 시집 보낸 후 어머니는 오빠네 가족이랑 같이 살고 있었지만. 그 깊고 깊었을 외로움과 기다림을 헤아려드리지 못했던 것 가슴 저리도록 후회스럽다.

돌이켜보면 내가 학교에 다닐 때나, 직장에 다닐 때나, 어머니는 언제나 작은 쪽문을 열어놓고 내가 돌아올 길을 밤 깊어 캄캄해질 때까지 내다보고 계시곤 했다. 그러나 나는 집으로 돌아와서 아무 말도 건네지 않고 그냥 잠자리에 들어버리곤 했다. 그 당시 나는 나 아닌 어떤 것에도 별로 애정과 관심이 없었고 차고 쌀쌀맞았다. 내 앞에 놓인 삶이 몹시 무겁고 힘겹게 느껴졌다는 게 핑계가 될까.

자식에게 보내는 부모님의 사랑과 애착은 공기와도 같은 것인지, 어머니가 살아 계실 때에는 그 사랑에 감사함을 느껴본 적이 별로 없었다. 당연히 나에게 있어야 할 어떤 조건이라 여기고는, 감사해야 한다는 생각조차 하지 않았던 게다. 누구나 그러하리라 생각하지만, 유독 맹하고 곁을 돌아볼 줄 모른다는 말을 많이 듣고 자랐으며, 스스로 생각해도 그러했으므로, 지금쯤 "엄마 사랑해~"라고 해드린다면 나팔꽃처럼 반색을 하고 활짝 웃으실 것 같다.

돌아가시던 그해 봄날이었던 것 같다. 어머니는 백내장 수술을 하고 대구에 있는 병원에 입원해 계셨다. 나는 그때 어린아이들을 데리고 병문안을 갔는데 마침 언니와 오빠들이 와 있었다. 나는 언니와 오빠에게 내 아이들을 맡겨두고 나와, 친구를 만나서 대구 시내를 신나게 돌아다녔다. 이게 얼마만인가, 처녀 시절 자유롭게 다니던 그 거리가 그대로 있었다. 음악감상실도 철지난 외투처럼 건물에 그대로 걸려 있었고 백화점 유리 도어가 여전히 휘돌아가고 있었다. 나는 백내장 수술을 하고 망연히 벽 쪽으로 돌아누워 계셨던 어머니의 그 모습은 깡그리 잊어버리고 친구와 맛있게 백숙을 먹었던 것 같다.

저녁이 늦어서야 병원에 돌아왔을 때 어머니는 몹시 화가 나 계셨다. 오랜만에 엄마 곁에 좀 있지 않고 어디를 돌아다니다 이제 오느냐는 것이었다. 나는 아무 말도 하지 않고 아이들을 데리고 곧바로 마산으로 내려와버렸다. 나는 어머니 병문안을 간 것이 아니라 오랜만에 외유를 하고 온 것이다. 그해 여름 어머니는 홀연히 눈을 감으셨다.

창밖을 보며 어머니의 목소리를 듣는다 .

멀리 전화선을 타고 들려오는 가쁜 숨소리.

—애야 이 여름까지는 살아 있고 싶구나

가뭄에 지친 채 붉은 비닐끈을 감고 올라온 푸른 넝쿨손,

멀리 손 뻗어도

더 잡을 수 없는, 남은 날들의 안타까움,

쓸모없는 시간처럼 떡잎을 버리고

저녁 햇살에 걸린 나팔꽃 줄기

— 졸시「나팔꽃」전문

가끔 전화로 말씀하셨다. "내가 올여름, 올겨울까지는 살아 있지 못할까. 네 오빠네 성훈이 초등학교 졸업하는 것도 보고, 가을에는 마산 앞바다, 거기 해금강도 한 번 더 가보고 싶고……."

그때 마침 서쪽 창에서 간신히 나팔꽃이 피어오르고 있었다.

돌아가시던 날 기력이 없어 눈을 감고 있는 어머니께 큰언니가 머리맡에서 물었다. "엄마, 엄마, 다음 생에는

어디서 뭐 하는 사람으로 태어나고 싶소?"라는 질문에 어머니는 이렇게 대답했다. "나는 많은 사람들이 우러르는 곳에서 춤추고 노래하며 살아가고 싶지." 어쩌면 그곳은 천사들이 사는 천상일지도 모른다는 생각이 지금에야 든다.

따뜻한 마음으로 제대로 된 효도를 해드리지 못했다거나, 혹은 성장해서 어머니 곁을 떠나온 이후 자주 전화를 하지 못해서 가졌던 죄송한 맘도 이제 내려놓기로 한다. 어머니가 원하셨던 그곳이 천상이라면, 하루하루 시간이 가지도 오지도 않고, 죄도 벌도 주는 이 없는 곳에서 천사들과 춤추고 노래하며 사는 곳이라면…… 뭣하러 섭섭하고 죄송한 이 알량한 딸의 마음을 굳이 기억하실까. 그러길 바라는 것 또한 나의 욕심일 뿐이리라. 분명 어머니는 그곳에서 춤추고 노래하고 계실 것 같다. 그러나 내가 자주 목젖이 아플 때 어린 나를 감나무 아래 바위에 세워놓고 해님께 빌어주시던 어머니 따스한 손길은 아직도 내 안에 있다. 내 귀를 잡아당겨 올리며 일월신 일월신 우리 아가 하루 빨리 낫게 해주소서.

　　　　　　　　　　꽃 진 자리에 어버이 사랑

부모님은 나에게 영원한 신이신가, 눈이 오거나 바람이 불거나, 노을이 지거나 그분들 앞에서의 내 기도는 끝이 없다.

최경숙

엄마와 오이지

조기 가시같이 예민한 딸이 누구를 닮았겠나.

하지 오이로만 오이지를 담그는 엄마에게서 나고 자랐으니

그럴 수밖에 없는 것을.

마지막 남은 오이 한 조각까지 오도독 씹어 먹다 보니

흐흐흐 웃음이 새어 나왔다.

최경숙

서울에서 태어나 자랐다. 서울시립대에서 국어국문학을 전공하고 광고회사, 인터넷 커머스 회사에서 마케터로 활동하다 결혼과 동시에 홍콩으로 이주했다. 현재 홍콩에서 일곱 살 난 딸과 남편과 함께 생활하며 여행작가로, 동화작가로 활동하고 있다. 저서로 여행 에세이집 『홍콩단편』이 있다.

엄마와 오이지

너도 나도 못살던 시절은 아니었다. 비약적인 경제성
장과 정치적 격변기를 겪으며 하루가 다르게 생활상이
변화하던 시절이었다. 그사이 출근길에 다리가 끊어지기
도 하고, 멀쩡하던 백화점이 무너져 내리기도 했으며 가
장들을 줄줄이 목 매달게 했던 외환 위기가 닥치기도 했
다. 나는 비슷비슷하게 가난하던 친구들과 함께 유년 시
절을 보내고, 비슷하지 않게 자란 친구들도 있다는 사실
에 눈뜨면서 청소년기를 보내다가, 나와 전혀 다른 부류
의 사람들이 존재한다는 사실을 깨닫는 것으로, 혹은 비
슷하게 가난하던 친구들이 다른 부류로 이동하는 것을

지켜보면서 성인이 되었다 해도 과언이 아니었다.

엄마와의 갈등의 근원은 항상 거기에 있었다. 비슷비슷하게 가난하던 친구들과 함께 성인이 된 엄마는, 비슷하지 않게 자란 친구를 둔 딸들을 이해하기가 항상 버거웠다고 한다. 요구 사항이 많은 딸들과 모든 요구에 응할 수는 없었던 엄마. 그것은 예민하고 당돌했던 나와 정도의 차이만 있을 뿐 비슷하게 예민했던 나머지 두 딸까지해서 종달새 같은 딸 셋을 독박 육아하던 3. 40대 시절 엄마의 행복지수와 직결되어 항상 피 튀기는 막말 대잔치로 마무리되곤 했다.

"조기 가시같이 거스러진 것들!"

"될성부른 나무는 떡잎부터 알아본다는데."

"서방 복 없는 년은 자식 복도 없다더니……."

주로 집안일을 돕지 않았을 때 엄마로부터 듣던 비난들이었다.

매끼마다 갓 지은 밥과 새로 끓인 국을 드셔야 하는 가장은 가사를 전적으로 아내의 일로 치부하고 신경도 쓰지 않았고, 육아는 강 건너 불 구경하듯 하였다. 이제는 이해할 법도 하지만 당시에는 죽기보다 싫은 엄마의 레퍼토리였다.

마흔둘에 생리가 끊어진 엄마는 줄줄이 10대인 딸 셋과 집안일에는 무심한 남편과 들쭉날쭉한 수입으로 살림을 꾸려나가야 해서인지 그다지 행복해 보이지 않았다. 늘 그랬다. 아프지 않은 날보다 어딘가 아픈 날이 더 많았고, 갠 날보다 흐린 날이 더 많았다. 이미 훨씬 더 어렸을 적에 심장병으로 엄마를 한 번 잃을 뻔했던 경험이 있던 자식들은 숨 죽인 채 엄마의 행복을 염원할 수밖에 없었다. 다들 알아서 제 할 일 찾아 하는 방식으로 엄마의 행복에 일조할 수 있기를 간절히 소망하며 그렇게 청소년기를 보냈다.

문제는 오히려 그 후에 터졌다. 딸들의 사춘기를 돌아볼 여력도 없을 만큼 혹독한 갱년기를 치른 엄마가 일상의 균형을 찾아갈 때였다. 딸들은 장성하였으며, 돌아온 탕아처럼 집안으로 회귀한 가장이 있는, 그야말로 남 부러울 것 없는 평화로운 소시민 가정에 내밀한 균열이 생기기 시작한 것이다.

시집 간 장녀가 첫 손주를 낳고 다시 직장으로 복귀하려고 하자 엄마는 당연한 수순인 것처럼 손주를 돌보기로 했다. 알량한 수고비는 가족이라는 이름으로 무마되고 그간 딱히 해준 것이 없다는 부채감으로 흥정이 되어, 엄마와 아버지는 결혼 40년 만에 느닷없이 주말 부부가되었다.

팔자에도 없는 두 집 살림을 시작한 엄마는 주중에는 장녀의 집에서 손주를 돌보며 지내고, 주말에는 집으로돌아와 독거노인이 된 남편을 거두며 하루도 쉬는 날 없이 노년의 새 삶을 맞이하게 되었다.

홀로 남겨진 가장은 누군가의 살뜰한 보살핌이 부재하게 되자 날이 갈수록 노쇠하였다. 주말에 돌아온 엄마가쉴 틈도 없이 반찬통마다 가득가득 밑반찬을 해두어도아버지 혼자 차려 먹는 밥상은 극도로 단출하기가 십상이었다.

장녀와는 사소하고도 잦은 충돌이 있었다. 육아와 살림하는 방식이나 견해가 달라 생기는 충돌이었다. 구구

절절 맞는 말들이었지만 어쩐지 이번에는 대개 장녀의 막말 대잔치로 마무리되는 느낌이었다. 송곳 같은 말을 내뱉는 장녀는 보고 자란 것이라 어쩔 수가 없다는 논리였고, 엄마는 그 논리를 이길 만한 마땅한 다른 논리를 찾지 못했다.

나머지 딸들도 차례대로 결혼을 하고 아이를 낳았으나 첫 손주를 돌보느라 바쁜 엄마는 두 번째, 세 번째 손주들이 태어났어도 첫 손주에게만큼 시간을 쏟지는 못했다. 장녀에게는 장녀에게대로 만족을 주지 못하는 돌보미인 것만 같았고, 나머지 자식들에게는 산후조리도 제대로 못 해주는 부족한 엄마가 된 것 같아 괴로운 나날이 많았다.

그나마 다행인 것은, 아이는 자란다는 사실이었다. 첫 손주가 자라면서 자연스럽게 손도 덜 가게 되고, 아이가 밖으로 도는 시간이 많아지자 숨통이 트이기 시작한 것이다. 이따금씩 부부 동반 해외 여행도 가게 되고, 숙식을 함께하던 것에서 출퇴근의 형태로 바뀌며 아이를 돌보는 시간이 줄어들었다.

어쩌다 늦둥이를 임신한 내가 입덧을 핑계로 결혼 7년 만에 처음으로 엄마를 초대할 수 있었던 것도 다 그 덕이었다. 작은딸네 집에 처음으로 와보는 엄마의 여행 가방은 묵직했다. 각종 밑반찬과 양념에 재운 고기류, 토마토며 손수 말린 산나물들이 가방 한쪽을 빼곡히 채우고 있었다.

엄마는 머무는 동안 내내 밥만 해 먹이다 가셨다. 엄마가 채워놓고 간 냉장고에서 오이지를 꺼내 오도독 오도독 씹을 때마다,

"오이지는 자고로 하지 전에 딴 오이로 담가야 오이지가 무르지 않고 아삭한 것이 최고로 맛있는 법이다."

귓가에 엄마의 목소리가 들리는 듯하다.

그래, 오이지는 하지 오이가 최고지……

앞으로 나는 하지 이후에 수확한 오이로 만든 오이지는 먹을 수 없는 몸이 되었다. 조기 가시같이 예민한 딸이 누구를 닮았겠나. 하지 오이로만 오이지를 담그는 엄마에게서 나고 자랐으니 그럴 수밖에 없는 것을.

마지막 남은 오이 한 조각까지 오도독 씹어 먹다 보니 흐흐흐 웃음이 새어 나왔다.

최명숙

아버지, 그 아슴아슴한 기억

개구리 울음소리 들어볼래?

내 마음 깊은 곳으로부터 언제나 아버지를 그리워했다.

사는 게 힘들고 지칠 때는 더더욱 그랬다.

내 인생의 고비마다 붙잡고 기원했던 대상 역시,

아슴아슴한 그 기억 속의 아버지였다.

최명숙

산 높고 골 깊은 산골마을, 언제나 그립고 가 앉고 싶은 그곳, 충북 진천에서 태어나고 자랐다. 가정학과 유아교육을 전공하여 12년 동안 어린이집을 운영했고, 불혹의 나이에 꿈을 꾸던 문학을 공부하여, 동화작가와 소설가가 되었다. 가천대학교 대학원 국어국문학과 졸업, 현재 가천대학교와 한국폴리텍대학에서 강의하며, 노년문학 연구와 창작에 관심을 갖고 있다. 저서로 『21세기에 만난 한국 노년소설 연구』 『문학 콘텐츠 읽기와 쓰기』 『문학과 글』, 산문집 『오늘도, 나는 꿈을 꾼다』가 있다.

아버지, 그 아슴아슴한 기억

아버지, 가만히 불러본다. 그 호칭은 지금도 생경하다. 늘 그랬다. 아버지는 흐릿한 기억 속의 존재였으니까. 나는 다섯 살 때 아버지를 여의었다. 그런 내게 아버지 모습이 용케 세 개 남아 있다. 생전의 모습 하나, 돌아가신 후의 모습 두 개다.

오로지 하나뿐인 생전의 모습은 참으로 몽환적이다. 그래서 꿈속에서 본 정경이 아닐까 의심스럽기도 하다. 아침나절쯤이었던 것 같다. 아버지는 안방 뒷문 문지방에 놓인 약병을 열어 발에 약을 바르고 계셨다. 어깨를 움츠리고 돌아앉은 아버지의 뒷모습. 안온하면서도 훈훈

한 방 안 분위기. 앞문 여닫이 창호지를 뚫고 들어온 노란 아침 햇살이 좁은 방을 가득 채우고 있었다. 실루엣으로만 남은 그 아슴아슴한 기억. 아침 밥상을 물린 후였던 것 같고, 부엌에서 달그락달그락 설거지하는 소리가 들린 듯한 것은, 상상이 자아낸 허구일지도 모른다. 그 기억 속의 아버지는 내가 성숙해가는 길목의 꿈속에 가끔 나타나곤 했다. 오로지 하나뿐인 생전의 모습으로. 아버지는 그렇게라도 딸의 기억 속에 남고 싶었던 것일까.

열대여섯 살 때였다. 군인들이 어깨를 걸고 찍은 아주 작은 사진 속에 이상스레 마음이 가는 청년이 한 사람 있었다. 너무 작고 빛바랜 사진이어서 얼굴이 명확하게 보이지 않았다. 옆에서 바느질하던 어머니께 누구인지 물어보았다. "니 아버지야, 아버지 얼굴도 모르는구나." 슬쩍 본 어머니가 말씀하셨다. 키가 크고 늘씬하며 잘생긴 아버지가 미소 짓고 있었다. 먼 산을 응시하면서 살짝 웃는 아버지는 멋스럽고도 낭만적으로 보였다. 사진을 한참 들여다보고 있는 나에게 어머니는 장롱 서랍 깊은 곳에서 손수건에 싼 사진 한 장을 꺼내 보여주셨다. 어머니

꽃 진 자리에 어버이 사랑

와 아버지의 약혼 사진이었다. 군복 차림에 입을 꾹 다문 아버지와 다소곳하게 고개를 약간 숙인 듯한 단정한 어머니. 공연히 눈물이 날 것 같고 가슴이 뻐근한 것도 같았다.

그때까지 아버지 이야기를 하지 않던 어머니였는데, 그날은 조금 달랐다. 아마도 이제 딸이 자랐다고 생각하셨나 보다. "기막힌 양반이었지. 너라면 끔찍했어. 얼마나 예뻐했는지 아니? 세상의 아버지들이 다 그럴까. 너한테 노래를 가르쳐주고 같이 부르고. 말을 잘하니 나중에 변호사 시킨다고 했지. 아픈 중에도 너를 보면 웃고 얼굴과 머리 쓰다듬고, 그렇게 기막혔던 양반이 너를 두고 어떻게 세상을 떴을까." 어머니의 이야기는 한숨과 함께 계속되었다. 그러나 워낙 짧은 시간 동안 내 곁에 계셨고 허다한 날을 병으로 고생했으니 더 이상 일화는 없다. 어머니는 되새김질하듯 같은 말을 반복할 뿐이었다. 지금도 아버지 이야기를 할 때면 '너에게 기막혔던 양반'이라는 말을 반복하신다.

청소년 시절을 거치고 어른이 되어가면서 힘들고 어려

울 때마다 기억 속의 아버지를 붙잡고 울었다. 기원도 했
다. 내가 원하는 걸 다 해주는 상상도 여러 번 했다. 아버
지가 안 계신 집안에서 짊어지고 있는 맏딸의 무게가 너
무 버거워 휘청댈 때면, 아버지를 원망하기도 했다. 그러
면 꿈에 아버지가 나타나곤 했다. 아무런 말도 없이 여전
히 발에 약을 바르는 모습으로. 그래도, 그것만으로도,
의지할 데 없는 내게는 위안이 되었다. 하늘에서도 나를
잊지 않고 계시다는 믿음이 생겼으니까. 또 이상하기도
했다, 아버지가 꿈에 보이면 앞에 놓인 문제가 어떻게든
마무리 되는 게. 그러니 어찌 죽음으로 부모 자식 관계가
끝난다고 할 수 있을까.

나머지 두 개의 기억 가운데 하나는 아버지가 돌아가
신 직후다. 나는 집 앞 바깥마당에서 동네 조무래기들과
놀고 있었다. 어스름이 내리기 시작할 즈음, 우리 집에서
울음소리가 들렸다. 어린 마음에도 불길한 생각이 들어
집 안으로 뛰어 들어갔다. 안방 아랫목에, 홑이불에 덮인
아버지가 누워 있었고, 할머니와 어머니가 울고 있었다.

꽃 진 자리에 어버이 사랑

나도 울었다. 당시 여덟 살이던 사촌언니는 내가 어머니의 어깨에 손을 얹고 울던 게 눈에 선하다고 하니, 이 기억은 사실일 것 같다. 죽음이 무엇인지 모르는 나였지만 슬펐던 것 같다. 다섯 살의 어린 내가 죽음을 어찌 알았으랴. 인간이 본연적으로 깨닫는 이별의 슬픔과 아쉬움이었을까.

마지막 하나의 기억은 아버지를 태운 상여가 태령산으로 올라가는 모습을 할머니 등에 업혀서 바라본 것이다. 산자락이 훤히 보이는 마을 앞에서 할머니는 나를 업고 뭐라고 말하면서 울었던 것 같다. 태령산 자락을 상여가 기듯이 올라갔다. 나도 할머니 등에 엎드려 울었다. 다시는 아버지를 볼 수 없다는 걸 알지 못했던 다섯 살 아기였던 나. 그런데도 슬픔을 느꼈던 것 같다. 아니면 할머니가 우니까 나도 울었을까. 아무튼 너무도 어린 날의 아슴아슴한 기억들이다.

할머니는 어린 나를 무릎에 뉘고 내 귀 쓰다듬기를 좋아하셨다. "귀가 꼭 니 애비 닮았구나. 귓바퀴 좀 봐. 아주 똑같네." 쓰다듬고 또 쓰다듬다가 한숨을 내쉬곤 했다. 그러면 공연히 나도 한숨이 나왔다. 내가 결혼한 후에도 친정에만 가면 내려뜨린 내 머리를 귓바퀴 뒤로 넘기면서 "아이구, 이 귀 좀 봐. 니 애비 귀가 여기 있구나, 여기 있어. 으흣." 웃음인지 울음인지 가늠할 수 없는 소리를 내며 내 귀를 수도 없이 쓰다듬으셨다. 지금은 가끔 내가 거울을 통해 내 귀를 본다. 얼굴에 비해 작고 앙증맞은 귀, 아슴아슴한 기억 속 아버지 귀가 바로 나에게 있다. 아버지 귀를 닮은 나는 할머니로부터 특별한 사랑을 받았던 것 같다.

아버지, 그 아버지는 다섯 살짜리 나의 아슴아슴한 기억 속에만 있어 그것이 사실인지 꿈인지 모르겠다. 아버지와 주고받은 말은 전혀 기억나는 게 없다. 나에게 기막혔던 아버지라는 걸 어머니께 들었을 뿐이다. 아버지는 내 조그만 귀에 당신의 모습을 남겨놓으셨다. 그러나 그것조차 할머니의 말씀이고 내가 확인한 것이 아니니, 알 수가 없다. 이렇게 아버지에 대한 모든 것들이 내게는 아슴아슴하다.

꽃 진 자리에 어버이 사랑

그래도, 아버지라는 호칭이 생경해도, 내 마음 깊은 곳으로부터 언제나 아버지를 그리워했다. 사는 게 힘들고 지칠 때는 더더욱 그랬다. 내 인생의 고비마다 붙잡고 기원했던 대상 역시, 아슴아슴한 그 기억 속의 아버지였다.

개구리 울음소리 들어볼래?

"개구리 울음소리 들어볼래?"

하나둘 날리던 벚꽃 이파리가 봄비에 다 떨어지고 연녹색 잎사귀가 파릇해지던 봄밤, 전화를 건 어머니께서 물으셨다. 딸이 바쁘게 산다고 생각해서 전화조차 자유롭지 못하셨을까. 그래서 개구리 울음소리를 핑계로 전화를 하신 거였을까. 수화기 저편에서 개구리 울음소리가 귓속을 가득 채웠다. 한참 동안 모두 침묵. 스르르 눈이 감겼다. 개구리 울음소리는 더 요란하고도 확연하게 들려왔다.

고향 집 앞 논에는 유난히 개구리가 많았다. 봄이 깊어가고 모내기철이 될 때쯤이면 밤새 지치지도 않고 개구리가 울었다. 간헐적으로 들리는 소쩍새 소리와 끝 가는 데를 모르도록 울어대는 개구리 소리는 지금도 고향 집을 생각할 때마다 귀에 들리는 듯하다. 그 개구리 울음소리와 함께 어스름이 내리는 마루에 앉아 저녁을 먹었고, 은은하고 쌉싸래한 내음이 가득한 쑥버무리를 먹었으며, 할머니와 어머니의 이런저런 이야기를 들었다. 서로 어머니 옆에서 자겠다고 동생들이 자리다툼을 하던 봄밤엔 개구리 울음소리가 더 요란했다. 그런 날이면 어머니는 몇 번이고 들었던 청개구리 이야기를 해주셨다.

구순을 바라보는 어머니는 아직도 감성을 잃지 않으셨나보다. 그 감성이 지난하고 징글징글한 세월을 넘어오게 한 원동력이 되었을까. 뜬금없는 어머니의 물음에 눈물이 날 것 같았다. "지금도 개구리가 여전히 많은가 봐요." 어머니의 의중을 짐짓 모른 체 말했다. "너 개구리 소리 좋아하잖어." 그건 어머니 말씀이 맞다. 어머니도 그렇지만 나도 개구리 울음소리 들리는 봄밤을 참 좋아했다. 그걸 기억하고 계셨던 거다. 어머니는 언제 올 수

꽃 진 자리에 어버이 사랑

있느냐고 물으셨다. 금방이라도 달려갈 듯 마음이 부풀었다. 어머니와 함께 개구리 울음소리를 들으며 길고 긴 밤을 지내보리라 생각했다. 그러나 그때뿐이었다. 어머니는 봄만 되면 전화기를 통해 개구리 소리를 들려주신다. 나는 여전히 내년을 기약하고.

그렇게 감성이 풍부한 어머니는 스물일곱 살에 혼자가 되었다. 다섯 살, 세 살, 유복자인 막내까지 삼남매를 남기고 아버지가 서른한 살의 나이로 세상을 떠나셨기 때문이다. 어머니는 땅 한 떼기 없는 집에서 우리 셋을 먹이고 가르쳐야 했다. 유학자 집안에서 곱게 자란 어머니의 인생 여정을 어떻게 말할 수 있을까. 생각만 해도 눈물 나고 징그러운 세월이다. 어머니는 혼자 살 수 있을 거라고 누구도 생각할 수 없으리만큼 몸이 약하고 마음이 유순했다. 살림 솜씨는 정갈하고 얌전했다. 그런 어머니에게 부여된 것은 세상과 부딪치며 고물고물한 세 아이를 먹이고 가르쳐야 하는 책무였으니, 고충이 얼마나 컸을지 가슴 아파서 생각조차 하기 싫다. 그 고통스런 삶의 무게를 견디지 못한 어머니는 자주 앓아눕곤 했다. 맏이로서 그런 어머니를 지켜보고 가슴을 태운 나에게 어머니는 말씀하신다. "너는 나에게 남편이고 친구이고 딸이다."라고.

그래서였을까. 어머니는 가끔 나에게 어리광 비슷한 걸 부리신다. 언젠가는 하도 그러시기에 "제게 엄마라고 불러보세요." 그랬더니 나를 보고 "엄마!"라고 부르셔서, 크게 웃은 적이 있다. 그때 알았다. 어머니들에게도 '엄마'가 필요하다는 걸. 그리고 세상에서 가장 좋은 분이 어머니라는 걸. 나의 어머니에게는 특히 그랬을 것 같다. 남편 없는 고되고 외로운 세상을 사셨으니.

어머니에게 우리들은 무엇보다 우선하는 존재였던 것 같다. 물론 대부분이 그렇겠지만. 내가 열 살 때쯤이었다. 어느 날 어머니는 깊은 밤중에도 호롱불 아래서 바느질을 하고, 우리들이 학교에 가지고 갈 걸레를 만드셨다. 그것도 며칠 동안 계속. 무언지 모를 불안감이 엄습해오면서 어머니가 집을 나갈지도 모른다는 생각이 들었다. 더구나 동네 아주머니들이 툭하면 내게 니 엄마 시집 보낼까? 라고 물어 나를 속상하게 했던 일도 생각났다. 어머니 옷을 잘라 우리들 옷을 만들고, 깁고, 그 남은 헝겊으로는 걸레를 만드는 어머니 옆에서 나는 어머니의 치맛자락을 꼭 잡고 잠이 들곤 했다. 후에 들으니 어머니는 며칠 후 집을 나갈 생각이었단다. 바느질 솜씨가 좋은 어머니에게 외삼촌께서 한복집을 마련해 살 길을 터주기로 했는데, 어머니 치맛자락을 꼭 쥐고 잠든 내 모습이 마음에 걸려 끝내 포기했다고 하셨다. 죽을 먹이든 밥을 먹이든 자식들 곁에 어미가 있어야 한다는 생각에.

어머니의 반짇고리 안에는 늘 몇 권의 책이 있었다. 대부분 고전소설류였는데, 장날 동네 할머니나 아주머니들이 빌려다 준 것이다. 글을 읽고 쓸 줄 아는 어머니에게 아주머니들이 세책점에서 빌려온 책을 갖다주고는 읽어 달라고 했다. 저녁 밥상을 물리고 난 겨울밤이면 남자 어른이 없는 우리 집으로 동네 할머니들과 아주머니들이 모였다. 어머니는 호롱불 아래서 구운몽, 숙향전, 심청전, 장화홍련전 등의 책을 맛깔나게 읽으셨다. 청아하고 리듬이 섞인 책 읽는 소리를 들으며, 나는 방바닥에 엎드려 숙제를 했다. 마실꾼들이 다 돌아가고 난 깊은 밤에도 어머니의 책 읽는 소리가 계속될 때가 많았다. 함박눈이 소리 없이 내리는 겨울밤, 어머니의 책 읽는 소리, 새근새근 고른 숨소리를 내며 잠든 동생들, 자는 듯 깬 듯 약간 부스럭대는 할머니, 유년 시절 겨울밤의 우리 집 풍경이다.

몇 해 전부터 교회에 나가는 어머니는 요즘 성경책을 즐겨 읽으신다. 하루에 한두 시간은 성경을 읽는 데 시간을 보내신다. 평생 외롭게 산 어머니에게 책은 친구이며 위안이기도 했을 것 같다. 내가 객지 생활 할 때에는 자주 편지를 보내셨다. 연필로 꼭꼭 눌러 반듯하게 쓴 글씨를 읽을 때면 내용과 상관없이 눈물이 나곤 했다. 그 편지를 보관하지 못한 게 못내 아쉽다. 지금이라도 한 장 소장하고 싶어 편지를 써달라면 글씨가 이제는 안 된다며 빙그레 웃으신다.

내게 있는 문학적 감성이나 그것에 대한 관심은 어머니로부터 온 것 같다. 어머니는 물질적 자산보다 더 가치

꽃 진 자리에 어버이 사랑

있는 것들을 나에게 물려주셨다. 문학이 나를 이토록 행복하게 하기 때문이다. 개구리 울음소리를 좋아하고, 소쩍새 우는 밤이면 잠을 이루지 못하는 어머니. 책 읽기를 즐겨하고 편지를 잘 쓰던 어머니. 척박한 땅과 같은 현실에서 주저앉지 않고 분수껏 살아오신 어머니. 어머니에게 힘이 되는 건 무엇보다 자식이겠지만, 마르지 않는 샘 같은 감성의 힘도 무시하지 못할 것 같다. 그 소중한 감성을 내가 물려받았다는 게 고마울 따름이다.

"개구리 울음소리 들어볼래?"

지금도 뜬금없는 어머니의 음성이 들리는 듯하다. 올봄에는 꼭 고향에 가서 어머니의 무릎 아래 앉아 함께 개구리 울음소리를 들으리라. 길고 긴 봄밤을 기나긴 이야기 나누며 새워보리라.

한봉숙

술로 사랑을 빚고 술로 정을 나누다

어머니의 사계(四季)

어머니는 꽃 중에서도 수선화와 수국을 좋아하셨다.

가냘파 보이지만 생명력이 강한 수선화와

여러 가지 색으로 탐스러운 꽃송이를 피워내는 수국이

어머니의 삶과도 닮은 듯하다.

한봉숙

충남 보령에서 태어났다. 대학에서 무역학을 전공한 뒤 외국계 무역회사에서 근무
하다가, 인문학 전문 출판사에 입사하여 출판 에디터가 되었다. 현재 푸른사상사를
설립하여 문학, 역사, 문화, 청소년 등 다양한 분야의 도서와 계간『푸른사상』을 발
행하고 있다.

술로 사랑을 빚고 술로 정을 나누다

　청주 한씨 집성촌인 내 고향 마을은 뒤로는 야트막한 산이 병풍처럼 둘러쳐지고 앞으로는 바다가 한눈에 내려다보이는, 사시사철 먹거리가 풍부한 살기 좋은 곳이다. 아버지께서는 1922년 그 마을에서 태어나, 그곳에서 평생을 사시다가, 95세의 나이로 2016년 7월 7일 먼저 가신 어머니를 만나러 떠나셨다.

　고향 마을을 떠나신 것은 젊은 시절 일본에 1년여 동안 다녀오셨을 때뿐이다. 그때 말고는 한 번도 그곳을 떠나본 적이 없으셨다.

　여덟 살 연하인 어머니를 만나 슬하에 팔남매를 두셨

다. 위로 아들을 하나 두시고 그 아래로 내리 딸만 넷을 낳다가, 다시 아들 셋을 낳으셨다.

할머니께서는 아들 형제만을 두셔서 자식에 대한 욕심이 많으셨는지 어머니가 딸을 낳을 때마다 아들이 아니라고 무척 서운해하셨다 한다. 나는 딸로는 넷째로 태어났다. 내 밑으로 다시 아들을 보기 위해 내게는 남자 옷만 사다 입히셨다. 한번은 남자 옷을 입지 않겠다고 밤새 울기도 했다.

아버지는 술을 즐겨 드셨다. 내가 어릴 적, 우리집 건넌방에서는 술 익는 향기가 떠나질 않았다. 어머니는 누룩을 직접 띄우시고, 고슬고슬하게 지은 술밥에 누룩을 잘 섞어서 항아리에 담으시고, 그 위에 짚을 엮어 덮고 다시 생솔가지까지 수북수북 덮어놓으셨다. 그때는 민간에서 술 담가 먹는 것이 불법이어서 밀주 단속하는 공무원들이 집집마다 조사를 하며 돌아다녔다. 술 조사가 나오면 들킬까 봐 조마조마하시면서도 어머니는 아버지를 위해 정성을 다해 술을 담그셨다.

꽃 진 자리에 어버이 사랑

그렇게 담가 며칠 동안 놓아두면 술이 익어서 밥알이 동동 떠오른다. 그때 용수를 넣고 맑은 술을 떠서 걸러내는 것이 동동주다. 동동주를 걸러내고 남은 술지게미에 설탕을 타서 먹고는 취해서 뒤뜰 장독대에 기대어 잠이 든 적도 있었다.

평소에는 과묵하셨던 아버지께서는 동동주를 드시고 기분이 좋아지시면 호쾌해지시고 말씀도 많아지셨다. 거나하게 취하면 자식들을 하나씩 불러놓고 하시는 말씀이 "남부끄럽지 않게 정직하게 살아야 한다."는 것이었다. 그리고 십팔번처럼 부르시던 노래가 있었다. "무정방초는 연년이 오건만 한번 간 우리 님은 돌아올 줄 모르네." 그 가사는 지금도 잊혀지지 않는다. 아버지는 열 식구의 가장으로서 짊어진 무거운 짐을 한잔 술로 달래셨던 것이다.

어머니가 담근 동동주는 나를 비롯하여 여덟이나 되는 자식들의 결혼식 피로연에서도 엄청난 인기를 끌었다. 좋은 날을 맞아 넉넉하게 준비한 동동주를 병에 담아 테이블마다 내놓으시니 술맛 좋다는 소문이 서울에까지 퍼

져나갔다.

어머니가 아버지를 위해 담그시던 동동주는 특별했다. 치자를 넣어 노란색을 띤 동동주, 구기자를 넣어 빚은 동동주도 있었다. 가끔은 술밥을 할 때 솔잎을 섞어 쪄서 술에서 솔향기가 은은하게 풍기기도 했다.

해마다 연말이 되면 어머니는 동동주를 비롯해서 손맛 가득한 음식을 푸짐하게 해가지고 서울로 올라오신다. 그러면 서울 곳곳에 흩어져 살던 일가친척들이 동동주 냄새를 맡기라도 한 듯 한자리에 모여 함께 연말연시를 보냈다.

아버지는 애주가셨다. 식사 때 반주는 아버지의 즐거움이었다. 딸들을 사랑하셨던 아버지께서는 술 한잔 하실 때마다 한 모금씩 남겨서 딸들에게 돌아가며 술맛을 보게 하였다. 그러니까 나는 아버지에게서 어릴 적부터 술을 배웠다고 할 수 있다.

막내딸이었던 나는 어린 시절 아버지의 술심부름을 도맡아 했다. 주전자를 들고 술도가로 가서 막걸리를 받아오는 일이었다. 찰랑찰랑 막걸리로 가득한 주전자가 무겁기도 하고, 별로 먼 길은 아니었지만 더운 여름철에 걸어오다 보면 갈증이 나서 동네 길모퉁이를 돌 때마다 누가 볼세라 두리번두리번거리며 몰래몰래 한 모금씩 먹었다. 그때 마신 막걸리 맛은 달달하고 시원하고 감칠맛이 있어 지금까지도 그 맛이 생각난다. 그래서 일부러 술심부름을 자청하기도 했다. 눈에 확 띄게 줄어든 막걸리 주전자를 받아들어 뚜껑을 열어보신 아버지는 "오늘도 네가 절반은 마셨구나!" 하며 껄껄 웃으셨다.

그 시절 막걸리는 농사일에 지친 어른들에게는 피로를 날려주고 허기를 채워주던 새참이었다. 대접이 넘칠 듯이 가득 따라 주고받는 막걸리에는 우리네 정도 함께 찰랑거렸다. 힘들게 들일을 하다가 논두렁이건 밭두렁이건 철퍼덕 주저앉아서 한 대접씩 주거니 받거니 하며 단숨에 벌컥벌컥 들이켜고 나면 힘든 것도 잠깐이고 나누는 술잔에 푸근한 정이 통했다.

세상에 많은 술이 있겠지만 우리에겐 우리 정서에 딱 맞는 막걸리와 동동주가 있다. 동동주 한 잔, 막걸리 한

대접에 추억이 있고 정이 있었다. 오랜만에 옛 친구를 만나서 술잔을 기울일 때, 지나온 이야기와 세상 사는 이야기를 함께 나눌 수 있어 좋았다.

아버지와 어머니께서 58년을 해로하시면서 자식 여덟을 키우셨으니 그간의 고생이야 한두 마디로 이야기할 수 없을 것이다. 그러나 두 분은 어려운 시절을 견디시며 술로 사랑을 빚고 술로 정을 나누셨던 것이다. 아버지께는 술이 살아가는 힘이었던 것을 이제서야 조금은 알 것 같다.

어머니가 먼저 돌아가신 후 홀로 되신 아버지는 소주를 마시기 시작하셨다. 평생을 함께한 반려를 먼저 떠나보내고 동동주 대신 마신 소주가 아버지에게는 더욱 씁쓸하셨을 것 같다. 그래서인지, 언제부터인가 소주는 맥주로 바뀌었고, 여덟이나 되는 자식들은 어머니만큼 맛있는 동동주를 담가드리지 못하고 그저 맥주만 사다 드렸다.

수십 년 동안 즐겨 드셨던 어머니의 동동주가 아버지

　　　　　　　　꽃 진 자리에 어버이 사랑

에겐 보약이었을까. 아버지는 95세의 연세로 큰 병 없이 돌아가시기 며칠 전까지도 정신이 맑으셨으며, 자식들에게 농담도 건네셨다.

어머니의 사계(四季)

　오늘은 반가운 봄비가 내렸다. 내 고향의 봄비는 해조음도 데려오고 솔바람 소리도 데려온다. 봄비가 머물다 간 자리에서 모진 겨울을 견뎌낸 연둣빛 잎새가 뾰조록이 피어난다. 차분히 내리던 봄비는 우리 마음속에 기다림과 그리움을 남겨두고 떠난다. 봄비에 고향 생각이 나고 어머니가 그리워진다.

　어머니는 꽃을 좋아하셨다. '여자의 꽃밭은 여자의 거울'이라고 하였다. 봄이면 앞마당에 온갖 꽃을 심어놓고 행복해하시던 어머니 모습이 눈에 선하다. 앞마당 화단 앞쪽엔 우물이 있었고 그 옆으로 커다란 대추나무가 한 그루 서 있었다. 우물가 섬돌 아래에는 키 작은 분홍, 노랑의 채송화와 물망초가 피어 있었다. 어머니는 꽃 중에서도 수선화와 수국을 좋아하셨다. 가냘파 보이지만 생명력이 강한 수선화와 여러 가지 색으로 탐스러운 꽃송이를 피워내는 수국이 어머니의 삶과도 닮은 듯하다.

어느 따뜻한 봄날, 어머니는 불혹의 나이에 막내아들을 낳으셨다. 어머니께서 산통을 하시는 동안 큰언니와 나는 부엌에서 불안함과 설렘으로 동생이 태어나기를 기다리고 있었다. 한참 만에 아기 울음소리와 함께 "고추다, 고추야!" 하는 할머니의 목소리가 들렸다.

그렇게 어머니는 자식을 여덟이나 낳으시며 산후조리를 제대로 못 하여 몸이 많이 약하셨고 입원도 여러 번 하셨다. 내가 초등학교 다닐 때, 학교에서 돌아오면 어머니가 편찮으신 몸으로 누워 계실 때가 많았다. 어머니가 누워 계시면 나도 덩달아 우울해져 엄마 등 뒤에 바짝 붙어 누워서, "엄마, 아프지 말아요"라고 하였다. 나중에 안 사실이지만, 그때 엄마는 결핵을 앓으셨다고 한다.

아버지께서는 약한 어머니를 위해 몸에 좋은 약을 다

구해다 보해주셨다. 아버지의 정성 덕인지 어머니는 우리가 자라서는 병원 신세는 지지 않으셨다.

　그렇게 약한 몸으로도 가족을 위해서는 정성을 아끼지 않으셨다. 음식 솜씨도 좋아 나는 엄마의 음식이 제일 맛있다고 믿고 있었다. 중학교 때였던가, 소풍을 가게 되어 김밥을 싸달라 했다. 음식 솜씨 좋으신 어머니이니 김밥도 맛있게 해주실 거라 믿었다. 갑작스러운 김밥 타령에 장에 나갈 시간도 없으셨던 어머니는 집에 있는 재료로 김밥을 싸주셨다. 그것이 어머니가 처음으로 싸주신 김밥이었다. 소풍을 가서 친구들과 둘러앉아 도시락을 펼쳐보니, 친구들 김밥에는 소시지가 들어 있었다. 계란, 시금치, 단무지뿐인 내 김밥은 맛이 없을까 봐 풀지 않고 친구 김밥을 나누어 먹었다. 그때 강렬했던 소시지의 맛과 향을 잊을 수가 없다. 소풍 끝나고 돌아오는 길에 친구들이 배고프다 하여, 몇 번이나 망설이다가 숨겨두었던 내 김밥을 내주었다. 소시지가 들어 있지 않은 김밥이 부끄러웠는데, 뜻밖에도 친구들은 맛있다며 하나도 남기지 않고 깨끗이 먹어치우는 것이었다. 봄날 소풍과 김밥에 얽힌 한 가지 추억이다.

지척에 바다가 있어서 우리 집 여름은 먹거리가 풍부했다. 앞바다에서 캐 온 바지락을 넣고 삶아낸 국물에 어머니께서 손수 반죽한 칼국수를 한솥 끓여다가, 마당에 명석 깔고 온 식구가 둘러앉아 먹었다. 이웃 사람들까지 삼삼오오 모여 함께하였다. 밤하늘에 별이 하나씩 떠오르면 명석에 벌렁 누워 까만 밤하늘에서 떨어지는 별똥별을 바라보며 소원을 빌었다. '별 하나 나 하나, 별 둘 나 둘' 하염없이 별을 헤며 별과 내가 하나가 되기도 하였다. 시골에서 자란 우리들에게 밤하늘은 몽상의 공간이었다. 깜박깜박하는 반딧불이 불빛에 별 헤던 걸 놓치고 다시 시작하고 하다가 스르르 잠이 들었다. 분명 명석에서 뒹굴다 잠이 들었는데 아침에 깨어보면 방에서 자고 있었다.

어린 시절엔 그렇게 아름다웠던 여름을 기억하고 싶지 않게 한 충격적인 일이 있다. 어느 해 여름, 소화가 잘 되지 않는다며 병원을 찾은 어머니께 암 진단이 내려졌다. 갑자기 온 세상이 어둠 속으로 꺼져들어가는 듯한 느낌

꽃 진 자리에 어버이 사랑

이었다. 길어야 3개월이라는 선고에 자식들은 아무것도 해드리지 못하고 멍하니 시간만 보내야 했다.

어머니와 함께했던 마지막 가을은 고향에서 걸려오는 전화벨 소리에도 심장이 두근두근, 어디 마음 둘 곳 없이 아리고 쓸쓸한 계절이 되었다.

그 계절에 옛날의 가을을 추억했다. 가을빛에 온갖 곡식들이 노랗고 빨갛게 익어가면 어머니의 손길은 바빠졌고 어느 것 하나 어머니 손길이 닿지 않은 것이 없었다. "너희들에게 나누어줄 수 있어서 행복하다" 하셨던 어머니, 어머니는 푸짐하게 가을을 집 안으로 들이셨다. 나눔을 기쁨으로 생각하시면서 일생을 자식을 위해 사셨던 어머니. 가을이면 어머니가 더욱 생각나고 그 뜨락이 그리워진다.

어머니의 보살핌으로 우리 집 겨울은 넉넉하고 포근했다. 김장철엔 여러 가지 김치를 담그시고, 대천항이 가까이 있어 그곳에서 먹을 생선과 김, 파래 등을 사다 서늘한 가을바람을 쐬어 말리며 겨울 준비를 하셨다. 겨우내 사랑방 한쪽에는 고구마가 가득했다. 눈이 오면 고구마를 눈 속에 묻어두었다가 먹었고, 살짝 수분이 빠진 고구마를 가마솥에 쪄서 소쿠리에 가득 담아 두고 먹었다. 우리 가족 생일은 유독 겨울에 많았다. 그때마다 미역국과 까만 흑임자 인절미를 해주셨는데 그때는 매번 같은 떡만 해준다고 투덜대며 먹었던 기억이 새록새록 난다.

어머니와 마지막으로 보냈던 겨울은 유독 추웠다. 가족들이 가슴 조이며 모였다 헤어지기를 몇 차례. "피곤할 텐데 집에 가서 자고 오너라"며 끝까지 자식 걱정만 하시던 어머니는 새벽빛 속에서 훨훨 하늘나라로 가셨다.

"흔들리는 나뭇가지에 꽃 한 번 피우려고/눈은 얼마나 많은 도전을 멈추지 않았으랴//싸그락싸그락 두드려보았겠지/난분분 난분분 춤추었겠지/미끄러지고 미끄러지길 수백 번,//바람 한 자락 불면 휙 날아갈 사랑을 위하여/햇솜 같은 마음을 다 퍼부어준 다음에야/마침내 피워낸 저 황홀을 보아라//봄이면 가지는 그 한 번 덴 자리에/세상에서 가장 아름다운 상처를 터트린다."(고재종, 「첫사랑」)라는 시처럼 나의 어머니도 나뭇가지에 꽃을 피우기 위해 수백 번의 두근거림을 겪었을 것이다. 어머

꽃 진 자리에 어버이 사랑

니의 자식에 대한 오롯한 인내와 헌신이 있었기에 봄이 되어 세상에서 가장 아름다운 상처를 터트릴 수 있었을 것이다.

이 세상 낱말 중에서 가장 위대하고도 완미한 단어 하나를 찾으라면 단연코 '어머니'이다. 그것은 시대와 지역을 뛰어넘은 진리라고 해도 과언이 아닐 것이다. 오래전에 어디선가 읽고 마음에 와닿아 메모해둔 문장을 여기 적는다. "어머니는 우리가 만나는 최초의 인간이며 최초의 스승이며 최초의 친구이며 최후까지 남을 오직 한 사람의 동행인이다. 어머니는 우리 자신이며 우리 또한 어머니이다. 그러므로 어머니는 모든 인간의 고향이며 인생 그 자체이다."

이제 어머니 산소는 꽃밭이 되어, 그토록 좋아하시던 수선화, 영산홍, 수국이 번갈아가며 사시사철 피고 진다.

황영경

아버지, 라는 경전을 펼치다

내 어머니의 노래

아버지라는 책을 펼친다.

언젠가 꼭, 하고 미뤄두었던 필수의 텍스트를 왜 이제야 읽게 되었을까.

세상의 그 어떤 경전과도 견줄 수 없는 이 책을

나는 왜 그토록 묵혀두었을까.

이제야 아버지가 보이기 시작한다.

황영경

국문학과와 문예창작과에서 수학했다. 늘 다른 삶을 꿈꾸지만 글 쓰는 일만큼은 놓지 못한다. 인간 탐구, 그 지난한 작업(作業)의 덫에 걸려서 아직은 더 멀리 갈 수가 없다. 신한대학 미디어언론학과 교수이며, 소설집 『아네모네 피쉬』와 산문집 『그 사람, 그 무늬』를 펴냈다.

아버지, 라는 경전을 펼치다

　적어도 가족을 굶기지 않을 수 있어서 행복해했던 아버지. 1950년대에 유년 시절을 보낸 프랑스 여성 작가 아니 에르노가 회상해내는 아버지 모습 중의 한 면이다. 2차 세계대전을 치른 뒤의 삶이란 프랑스 시골 동네라고 별반 다를 것도 없었겠지만, 그 나라 아버지들도 그랬었구나! 하면서 나는 조금 고무적이기까지 했다. 인간의 원초적인 식(食)의 문제가 평등하다는 사실에. 그의 아버지, 학교에서 돌아오면 부리나케 책가방을 던져놓고 농사일을 거들어야 했었다는 사실 또한 평등했다.

　놀라워라, 그의 부모들 역시 요강을 썼었다니! 벼룩시

장에서 골동품이라도 발견한 듯 횡재한 기분까지. 이는 필시 '문화대국'에 대한 내 열등감의 터무니없는 보상심리였으리라. 폐일언하고, "아무에게도 해를 끼치지 않은 분", 그 작가의 아버지 장례미사에서 바쳐진 최고의 헌사였다. 그 말인즉슨 지극히 보잘것없고 아무것도 아닌 한 개인이었다는 사실을 에둘러 표현한 신부님의 어법이 아니겠는가. 아버지의 환경으로 말할 것 같으면 중세였다고 작가는 진술하고 있다.

아버지(분명한 친아버지)의 방해로 더 이상 학교에 가지 못했다는 작가의 아버지, 이건 완전 판박이였네. 더 배우고 싶었으나 그것은 아무 일도 하지 않고 빈둥거린다는 팽배한 인식. 따라서 그의 아버지도 일찌감치 집을 떠나 남의 집 농가에 취직할 수밖에. 다시 말하자면 머슴살이였던 것. 먹여주고 재워주는 조건의, 그런 집의 외양간 다락방에서.

자, 여기까지가 우리의 근세와 너무나 닮은꼴의 그 시절 프랑스 아버지의 모습이다.

　　　　　　　　　　꽃 진 자리에 어버이 사랑

큰조카가 군 생활을 한 곳이 경기도 포천이다. 가족들이 그 아이를 면회 가느라고 승용차로 이동면의 노곡초등학교 앞을 지나가는데 아버지가 그때와 변한 게 거의 없다고 감개무량해하셨다. 반세기 전 당신의 통절했던 옛적을 사무치는 어조로 회고했다. 아버지가 이동갈비의 원산지인 그 도시의 근방에서 군 생활을 했었다는 사실을 나는 처음 알았다. 어린 신부와 갓난쟁이 첫아들을 두고 입대해야 했던 아버지의 아픈 회고담을 슬픈 전설같이 들었다.

아버지는 장형 집에 얹혀살면서 속악한 형수의 눈칫밥을 얻어먹어야 했으니 사지의 뼈마디가 채 여물기도 전에 남의집살이를 시작하여 삭신이 녹아나는 노동으로 청춘을 다 보냈으리라. 조실부모하였으니, 그 당시 대개의 청년들이 그랬듯이 아버지 역시 '미래'라는 단어가 있는지조차도 모를 정도로 순간순간의 실존에만 급급한 세월이었으리라.

하지만 내가 아버지에 대해 안다는 것은 반쯤은 교과서적인 이해였다.

세상의 모든 아버지들은 왜 밥을 먹을 때 조용히 하라고 했던가.

아니 에르노와 같은 세대인, 독일의 여성 작가 모니카 마론의 소설에 나오는 아버지 역시 그런 사람이었다. 전쟁에서 돌아와 삶의 기쁨을 잃어버리고 건조하고 경색된 아버지들의 정서는 대개가 비슷했다. 화를 잘 내고 걸핏하면 자식들을 후려팼다. 전쟁에 영혼을 잃고 가정의 괴물로 자리 잡은 아버지들의 모습은 똑같았다.

이상도 하지, 내 아버지에게서 나는 그런 패색의 징표들을 전혀 찾아볼 수가 없었으니. 내겐 지금도 그게 불가사의다. 세상을 어떻게 살면 저렇게 늘 조용히 흘러가는 작은 강물, 그리고 그 위에 얼비치는 소소한 햇살의 눈부심 같을 수가 있을까. 타인을 탓하거나 화를 내며 욕설을 하거나, 불만으로 인상을 찡그리거나. 그런 교양스럽지 못한 아버지의 모습을 한 번도 목격하지 못한 나는 아버지와 닮지 않은 남자를 받아들이기 어려웠다. 비겁하거나 완고하거나 추레한 모습이라곤 찾아볼 수 없었던 내

꽃 진 자리에 어버이 사랑

아버지.

　모든 이별에서 혹시 우리는 재회를 기대하지 않았던
가. 연인과의 결별은 후회하며 다시 돌아오리라는 일말
의 기대가 전제되기도 하며, 승진의 명단에서 빠졌을 때
는 꼭 윗분의 실수가 밝혀져 다시 상정되리라는 희망의
판타지를 품기도 한다. 비록 혹독한 고문일지라도.
　하지만 아버지가 돌아가시자 다시는 움도 싹도 없다는
절망에 너무나 고통스러웠다.
　도대체 어느 생에서 아버지를 다시 만날 수 있단 말인
가. 다시는 안 된다는, 정말 끝났다는 멸절감은 나를 파
먹는 해충 같았다.

　아버지라는 책을 펼친다. 언젠가 꼭, 하고 미뤄두었던
필수의 텍스트를 왜 이제야 읽게 되었을까. 세상의 그 어
떤 경전과도 견줄 수 없는 이 책을 나는 왜 그토록 묵혀
두었을까.
　이제야 아버지가 보이기 시작한다.

본문을 읽기에는 내가 덜 자랐던 탓이리라.

아버지의 삶, 그건 고생이 아니라 고행이었으리라.

약하고 어리석은 아버지는 결코 용서받을 수 없는 시
대. 잘 먹이고 입히고 가르치려면 죄짓지 않고서는 도저
히 가능하지 않은 사회. 제 가족을 위해서라는 세속적인
진리의 명목으로 절대의 선을 넘는 범부들, 그런 아버지
가 아니라서 얼마나 다행인지요.

"아무에게도 해를 끼치지 않은 분"으로 살아오신 아버
지, 당신의 그 지극한 명예…….

　　　　　　　　　　꽃 진 자리에 어버이 사랑

내 어머니의 노래

　내 어머니는 6·25전쟁이 있은 후 5년이 지난 열아홉 살이 되던 해에 결혼을 했다. 사춘기 시절을 전쟁통에 겪었고, 집안이 풍비박산난 끝에 낯선 한 남자에게 종속되어버린 것이다. 졸지에 '잘 모르는 남자'에게 자신을 의탁해야만 했던 스무 살이 채 안 된 어머니의 처지를 지금의 내가 가만히 헤아려보면 어처구니가 없다 할 수밖에. 뭐, 그때의 여성들 대부분이 그랬었다니까, 내 어머니 역시 그랬었나 보다 했지만 한 여성으로 객관화시켜 보자니 더욱 그렇다는 얘기다.

　이 시대의 스무 살 여대생들과 정채봉의 「스무 살 어머니」를 연관 짓는 글을 쓴 적이 있었다. 그 작가의 사모곡에 감동하고 그 스무 살 어머니를 한없이 경애하며 존귀하게 여겼던 나는 정작 내 어머니의 스무 살에 대해서는 탐색해본 적이 없었다.

첫아들을 낳은 스무 살의 내 어머니, 그해에 그녀의 남편(내 아버지)은 갑작스런 징집을 당했다. 남편이 군 복무를 마치고 돌아올 때까지 큰댁에 얹혀살아야만 했던 스무 살 어머니의 세상은 어땠을까.

TV에서 잠깐 흘러나온 찬송가 한 곡의 앞자락을 뒤이어서 가사와 음정 박자 하나 안 틀리고 또박또박 부르는 어머니에게 "아니, 교회를 다닌 적도 없는데, 엄만 어떻게 그 노래를 다 알아요?" 하고 내가 놀라워했다.

"옛날 우리 동네에 전도사가 들어왔었잖니. 그때, 신식 노래도 가르쳐주고 해서 내가 예배당엘 나가려고 했는데 너희 큰아버지가 절대 못 다니게 해서……."

"아니, 큰아버지가 왜 엄말 못 다니게 해? 그때 아버지도 군대 가고 안 계셨었다면서."

나는 어머니의 말을 싹둑 자르면서 바르르해졌다. 마치 내가 그때의 내 어머니의 친정 큰언니라도 된 듯. 안 봐도 비디오다, 남편이 없는 동안 새파랗게 젊은 새색시를 엄하게 시집살이시킨 큰아버지와 큰어머니, 당신들이 왜? 왜?? 지금은 고인이신 두 분에게 나는 울화를 터뜨렸다.

"그렇다고 못 다녀요? 엄마 맘인데, 그냥 다니면 되지."

어머니는, 네가 뭘 몰라도 한참 모른다는 듯 "그때는 다 그랬다"며 무심해진다.

어머니는 6·25를 꼭 '난리'라고 말한다. "그 난리만 아니었던들", 내가 철들 무렵부터 어머니에게서 들은 빈번한 수사였다. 아마, 나는 어머니의 태중에서부터 그 말을 들었으리라. 어머니의 삶은 그 '난리' 때문에 꼬이고 말았으니, 한동안 당신을 설명하는 가장 극명한 관용어구였으리라.

〈열아홉 순정〉, 〈동백 아가씨〉, 〈여자의 일생〉, 〈울어라 열풍아〉, 〈황포돛배〉…… 이미자의 모든 노래를 섭렵

했던 내 어머니. 그 애상스럽고 처량맞은 가사와 곡조들이야말로 당신을 빗댈 수 있는 최적의 알레고리였으리라.

"그땐 다 그러고들 살았다니까." 여기에 무슨 삿된 말로 토를 단단 말인가. 여성의 자의식이나 자각 능력 같은 건 쥐약만큼이나 위험하고도 혐오스러웠던 내 어머니의 시절에.

팔순이 넘은 내 어머니는 이제야 당신만의 온전한 삶을 살고 있는지도 모른다.

한창 자아를 키워야 했을 열다섯 살 이후의 삶을 전쟁기의 혼란과 상실, 결핍으로 몽땅 잃어버린 한 여성은 그 아슬하고 위태로운 징검다리를 무의식적으로 건너뛰었는가. 지금은 예닐곱 살의 순진무구한 어린아이로 회귀한 어머니. 막무가내로 당신의 요구 사항을 조르다가도 그게 해결되면 반드시 "고맙다!"라고 답례를 한다. 누군가에게는 마땅히 펑펑 베풀어졌던 생의 혜택들을 누리지 못한 계면쩍은 존재가 지키는 매너의 언사, "고맙다, 고

마워." 조울증이었고, 아드레날린 호르몬 조절이 영 엉망이었던, 젊었던 어머니에게서는 볼 수 없었던 격조 높은 변모가 아닌가.

"엄만, 왜 그렇게 맨날 노래를 불러요?"

"노래를 하면 즐겁잖니?"

어머니의 단순하고도 무연한 직감의 언어에 나는 그만 허를 찔린 듯 스스로에게 반문한다. '너는 왜 맨날 책만 읽지?

노인유치원이라는 요양복지 센터에서 가수왕으로 이름을 날리고 있는 어머니, 바야흐로 팔순의 그녀에게 새 인생이 시작되었다. 이불 홑청을 시치다가도 이미자의 노래를 흥얼거리며 삐질삐질 눈물을 짜내던 젊은 날의 어머니의 모습에 익숙했던 나는 신명나는 노래를 기진하도록 불러젖히는 노인의 열정을 왜곡하기도 했다.

"우리 엄마, 이 담에 명가수로 다시 태어나서 세상을 한번 울리셔야지?"

그때, 나는 엄마의 광팬이 되거나 매니저가 되어서 밀착 방어를 해드려야지, 아, 그보다는, 내가 직접 기획사

를 차려서 엄마를, 그렇지, 우리 모녀의 세상은……. 기
민하게 돌아가는 내 망상의 스크린에 펀치를 날리는 어
머니의 즉문즉답!

"아니, 난, 새가 될 건데."

꽃 진 자리에
어버이 사랑